KB054675

국어과 선생님이 뽑은

채만식 단편선

레디메이드 인생 & 논 이야기

dskimp2004@yahoo.co.kr 엮음

국어과 선생님이 뽑은

채만식 단편선 레디메이드 인생 & 논 이야기

초판 1쇄 | 2008년 1월 20일 발행
초판 7쇄 | 2019년 9월 5일 발행

저자 | 채만식
엮은이 | dskimp2000@naver.com
교정 | 박소영 · 이정민 · 주승인
디자인 | 인지숙
일러스트 | 이혜인 · 김한결
펴낸이 | 이상현
펴낸곳 | 북앤북

주소 | 경기도 고양시 일산동구 산두로 128. 909동 202호
전화 | 031-902-9948
팩시밀리 | 031-903-4315
등록 | 제 10-2222호(2001.9.25)

ISBN 978-89-89994-35-0-04810
잘못된 책은 구입하신 서점에서 바꾸어 드립니다.

이 책에 수록된 작품의 표기는 '한글 맞춤법'의
규정을 원칙으로 하되 작가 특유의 문체나 방언,
외래어 등은 원본에 따른다.

ⓒ2019 by Book & Book printed in Seoul, Korea

채만식의 레디메이드 인생 & 논 이야기를

 에게 드립니다

채만식 단편선

차
례

그는 '해태' 한 개를 꺼내어 붙여 물고

다시 전찻길을 건너 개천가로 해서 올라갔다.

인제는 포켓 속에 남은 것이 꼭 3원하고 동전 몇 푼이다.

엊그제 겨울 외투를 4원에 잡혀서 생긴 것이다.

레디메이드
인생

레디메이드
인생

1

"뭐, 어디 빈자리가 있어야지."

K 사장은 안락의자에 폭신 파묻힌 몸을 뒤로 벌떡 젖히며 하품을 하듯이 시원찮게 대답을 한다. 두 팔을 쭉 내뻗고 기지개라도 한번 쓰고 싶은 것을 겨우 참는 눈치다.

이 K 사장과 둥근 탁자를 사이에 두고 공손히 마주 앉아 얼굴에는 '나는 선배인 선생님을 극히 존경하고 앙모합니다.' 하는 비굴한 미소를 띠고 있는 구변 없는 구변을 다하여 직업 동냥의 구걸 문구를 기다랗게 늘어놓던

P……. P는 그러나 취직 운동에 백전백패(百戰百敗)의 노졸(老卒)인지라 K씨의 힘 아니 드는 한마디의 거절에도 새삼스럽게 실망도 아니한다. 대답이 그렇게 나왔으니 인제 더 졸라도 별수가 없는 것이지만 헛일 삼아 한마디 더 해 보는 것이다.

"글쎄올시다. 그러시다면 지금 당장 어떻게 해 주십사고 무리하게 조를 수야 있겠습니까마는……. 그러면 이담에 결원이 있다든지 하면 그때는 꼭……."

이렇게 말하고 P는 지금까지 외면하였던 얼굴을 돌리어 K 사장을 조심성 있게 바라보았다. 그러나 K 사장은 우선 고개를 좌우로 두어 번 흔들고서는 여전히 하품 섞인 대답을 한다.

"결원이 그렇게 나나 어디……. 그리고 간혹 가다가 결원이 난다더라도 유력한 후보자가 몇십 명씩 밀려 있어서……."

P는 아무 말도 아니 하고 고개를 숙였다. 인제는 영영 틀어진 것이다. '안녕히 계십시오.' 하고 일어서는 것밖에는 별수가 없다.

별수가 없게 되었으니 '네 그렇습니까.' 하고 선선히 일어서야 할 것이지만, 지금까지의 은근히 모시고 있던 태도에 비하여 그것이 너무 낯간지러운 표현임을 알기 때문에 실망이나 하는 체하고 잠시 더 앉아 있는 것이다.

"거 참 큰일 났어."

K 사장은 P가 낙심해하는 것을 보고 밑천이 들지 아니하는 일이라서 알뜰히 걱정을 나누어 준다.

"저렇게 좋은 청년들이 일거리가 없어서 저렇게들 애를 쓰니."

P는 속으로 코방귀를 '흥' 하고 뀌었으나 아무 대답도 아니하였다.

K 사장은 P가 이미 더 조르지 아니하리라고 안심한지라 먼저 하품 섞어 '빈자리가 있어야지.' 하던 시원찮은 태도는 버리고 그가 늘 흉중에 묻어 두었다가 청년들에게 한바탕씩 해 들려 주는 훈화를 꺼낸다.

"그렇지만 내가 늘 말하는 것인데 저렇게 취직만 하려고 애를 쓸 게 아니야, 도회지에서 월급 생활을 하려고 할 것만이 아니라 농촌으로 돌아가서……."

"농촌으로 돌아가서 무얼 합니까?"

P는 말 중동을 잘라 불쑥 반문하였다. 그는 기왕 취직 운

동은 글러진 것이니 속 시원하게 시비라도 해 보고 싶은 것이다.

"허, 저게 다 모르는 소리야⋯⋯. 조선은 농업국이요, 농민이 전 인구의 8할이나 되니까 조선 문제는 즉 농촌 문제라고 볼 수 있는데, 아 지금 농촌에서 할 일이 오죽이나 많다구."

"저는 그 말씀 잘 못 알아듣겠는데요. 저희 같은 사람이 농촌에 가서 할 일이 있을 것 같잖습니다."

"그럴 리가 있나! 가령 응⋯⋯ 저⋯⋯."

K 사장은 끝내 대답을 하지 못한다. 그것은 무리가 아니다.

그가 구직하러 오는 지식 청년들에게 농촌으로 돌아가 농촌 사업을 하라는 것과 다음에 또 꺼내는 일거리를 만들라는 것은 결코 현실에서 출발한 이론적 근거가 있는 것이 아니었다. 그저 지식 계급의 구직꾼이 넘치는 것을 보고 막연히 '농촌으로 돌아가라.' '일을 만들어라.' 라고 해 왔을 따름이다. 따라서 거기에 대한 구체적 플랜이 있는 것도 아니었던 것이다. 한편으로는 한 행셋거리로 또 한편으로는 구직꾼 격퇴의 수단으로 자룡이 헌 창 쓰듯 썼을 뿐이지.

그리하여 그동안까지는 대개는 그 막연한 설교를 들은 성 만 성 물러가는 것이 그들의 행투였었는데, 오늘 이 P에게만은 그렇지가 아니하여 불가불 구체적 설명을 해 주어야 하게 말머리가 돌아선 것이다. 그래서 그는 떠듬 떠듬 생각해 가면서 생각나는 대로 주워섬기는 것이다.

"가령 응…… 저…… 문맹 퇴치 운동도 있지. 농민의 9할은 언문도 모른단 말이야! 그리고 생활 개선 운동도 좋고…… 헌신적으로."

"헌신적으로요?"

"그렇지……. 할 테면 헌신적으로 해야지."

"무얼 먹고 헌신적으로 그런 사업을 합니까? 먹을 것이 있어서 그런 농촌 사업이라도 할 신세라면 이렇게 취직을 못 해서 애를 쓰겠습니까?"

"허! 그게 안 된 생각이야. 자기가 먹고 살 재산이 있으면서 사회를 위해서 일도 아니하고 번들번들 논다는 것은, 그것은 타락된 생각이야."

P는 K 사장이 억단을 내세우는 것을 보고 속으로 싱그레 웃었다.

"그렇지만 지금 조선 농촌에서는 문맹 퇴치니 생활 개선이니 합네 하고 손끝이 하얀 대학이나 전문학교 졸업생들이 모여 오는 것을 그다지 반겨하기는커녕 머릿살을 앓을 것입니다……. 농민이 우매하다든지 문화가 뒤떨어졌다든지 또 생활이 비참한 것의 근본 원인이, 기역 니은을 모른다든가 생활 개선을 할 줄 몰라서 그런 것이 아니니까요. 그리고 조선의 지식 청년들이 모두 인도주의자가 되어집니까?"

"되면 되지 안 될 건 무어야?"

"그건 인도주의란 그것이 한 개 공상이니까 그렇겠지요."

"허허…… 그러면 P군은 ××주의잔가?"

"되다가 찌부러진 지스러깁니다. 철저한 ××주의자라면 이렇게 선생님한테 와서 취직 운동도 아니 합니다."

"못써. 그렇게 과격한 사상으로 기울어서야 쓰나? 정 농촌으로 돌아가기가 싫거든 서울서라도 몇 사람 마음 맞는 사람이 모여서 무슨 일을 — 조국에 신문이 모자라니 신문을 하나 경영하든지 또 조그맣게 하자면 잡지 같은 것도 좋고 또 영리 사업도 좋고……. 그러면 취직 운동하는 것보담 훨씬 낫잖은가?"

"좋은 줄이야 압니다만 누가 돈을 내놉니까?"

"그거야 성의 있게 하면 자연 돈도 생기는 거지."

P는 엉터리없는 수작을 더 하기가 싫어 웬만큼 말을 끊고 일어섰다.

속에 있는 말을 어느 정도까지 활활 해 준 것이 시원은 하나 또 취직이 글렀구나 생각하니 입 안에서 쓴 침이 괴어 나온다.

복도에서 편집국장 C를 만났다. P는 C와 자별히 사이가 가까운 터이었다.

"사장 만나러 왔소?"

C는 묻는 것이다.

"아아니."

P는 거짓말을 하였다. 그는 지금 K 사장을 만나 거절당한 이야기를 하기가 어쩐지 창피하기도 할 뿐 아니라, 또 전부터 C더러 K 사장에게 자기의 취직 운동을 부탁해 왔던 터인데 직접 이렇게 찾아와서 만났다고 하기가 혐의쩍기도 하여 시치미를 뚝 뗀 것이다.

"아주 단념하오."

C는 자기에게 부탁한 취직 운동을 단념하란 말이다. 그러면 벌써 C가 K 사장에게 이야기를 하였고 그 결과 일이 틀어진 것을 P는 모르고 와서 헛노릇을 한바탕 한 것이다. P는 먼저 C를 만나 보지 아니하고 K 사장을 만난 것을 후회하였다. C는 잠깐 멈췄던 말을 계속한다.

"어제 아침에 사장더러 P군의 사정이 퍽 난처하니 어떻게 생각해 봐 주면 좋겠다고 여러 말을 했다가 코 떼었소. 신문사가 구제 기관이 아닌데 남의 사정이 난처한 것을 어떻게 하라느냐고 그럽디다……. 하기야 그게 옳은 말이지만……."

신문사가 구제 기관이 아니라고 한다는 그 말이 P의 머리에는 침 끝으로 찌르는 것같이 정신이 들게 울리었다.

"흥! 망할 자식들!"

P는 혼잣말로 이렇게 투덜거리며 C와 작별도 아니 하고 밖으로 나와 버렸다.

2

P는 광화문 네거리의 기념 비각(紀念碑閣) 옆에서 발길을

멈추고 망설였다. 어디로 갈까 하는 것이다.

봄 하늘이 맑게 개었다. 햇볕이 살아 올라 포근히 온몸을 싸고 돈다. 덕석 같은 겨울 외투를 벗어 버리고 말쑥말쑥하게 새로 지은 경쾌한 춘추복의 젊은이들이 봄볕처럼 명랑하게 오고 가고 한다.

멋쟁이로 차린 여자들의 목도리가 나비같이 보드랍게 나부낀다. 그 오동보동한 비단 다리를 바라다보니 P는 전에 먹던 치킨 커틀릿이 생각났다.

 창을 활활 열어젖힌 전차 속의 봄 사람들을 보니 P도 전차를 잡아타고 교외나 나가고 싶었다. 그러나 크림 맛을 못 본 지 몇 달이 된 낡은 구두, 구기적거린 양복바지, 양편 포켓이 오뉴월 쇠불알같이 축 처진 양복저고리, 땟국 묻은 와이셔츠와 배배 꼬인 넥타이, 엿장수가 2전어치 주마던 낡은 모자, 이렇게 아래로부터 훑어 올려보며 생각하니 교외의 산보는커녕 얼핏 돌아가서 차라리 이불을 뒤쓰고 드러눕고만 싶었다.

마침 기념 비각 앞에 자동차 하나가 머물더니 서양 사람 내외가 내린다. 그들은 사내가 설명하고 여자가 듣고 하

면서 기념 비각을 앞뒤로 구경한다. 여자는 사진까지 찍는다.

대원군이 만일 이 꼴을 본다면…… 이렇게 생각하매 P는 저절로 미소가 입가에 떠올랐다.

3

대원군은 한말(韓末)의 돈키호테였다. 그는 바가지를 쓰고 벼락을 막으려 하였다. 바가지는 여지없이 부스러졌다. 역사는 조선이라는 조그마한 땅덩어리나마 너무 오래 뒤떨어뜨려 놓지 아니하였다.

갑신정변(甲申政變)에 싹이 트기 시작하여 가지고 한일합방의 급격한 역사적 변천을 거치어 자유주의의 사조는 기미년에 비로소 확실한 걸음을 내어 디디었다.

자유주의의 새로운 깃발을 내어 건 시민의 기세는 등등하였다.

"양반? 흥! 누구는 발이 하나기에 너희만 양반이라느냐?"

"법률의 앞에서는 만인이 평등이다."

"돈……, 돈이 있으면 무어든지 할 수 있다."

신흥 부르주아지는 민주주의의 간판을 이용하여 노동자, 농민의 등을 어루만지고 경제적으로 유력한 봉건 귀족과 악수를 하는 동시에 지식 계급을 대량으로 주문하였다.

유자천금이 불여교자일권서(遺子千金不如敎子一卷書)라는 봉건 시대의 진리가 자유주의의 세례를 받아 일단의 더 발전된 얼굴로 민중을 열광시켰다.

"배워라, 글을 배워라……. 지식만 있으면 누구나 양반이 되고 잘살 수가 있다."

이러한 정열의 외침이 방방곡곡에서 소스라쳐 일어났다.

신문과 잡지가 붓이 닳도록 향학열을 고취하고 피가 끓는 지사(志士)들이 향촌으로 돌아다니며 3촌의 혀를 놀리어 권학(勸學)을 부르짖었다.

"배워라! 배워야 한다. 상놈도 배우면 양반이 된다."

"가르쳐라! 논밭을 팔고 집을 팔아서라도 가르쳐라. 그나마도 못하면 고학이라도 해야 한다."

"공자 왈 맹자 왈은 이미 시대가 늦었다. 상투를 깎고 신

학문을 배워라."

"야학을 설치하여라."

재등(齋藤) 총독이 문화 정치의 간

판을 내걸고 골고루 학교를 증설하였다. 보통학교의 교

장이 감발을 하고 촌으로 돌아다니며 입학을 권유하였

다. 생도에게는 월사금을 받기는커녕 교과서와 학용품

을 대 주었다.

민간의 유지는 돈을 거둬 학교를 세웠다. 민립 대학도 생

기려다가 말았다. 청년회에서 야학을 실시하였다. '갈돕

회'가 생겨 갈돕만주 외우는 소리가 서울의 신풍경을 이

루었고 일반은 고학생을 존경하였다.

여학생이라는 새 숙어가 생기고 신여성이라는 새 여인이

생겨났다.

이와 같이 조선의 관민이 일치되어 민중의 지식 정도를

높이는 데 진력을 하였다. 즉 그들 관민이 일치하여 계획

한 소선의 문화 정도는 급속도로 높아 갔다. 그리하여 민

중의 지식 보급에 애쓴 보람은 나타났다.

면 서기를 공급하고 순사를 공급하고, 군청 고원을 간이

농업 학교 출신의 농사 개량 기수(技手)를 공급하였다.

은행원이 생기고 회사원이 생겼다. 학교 교원이 생기고 교회의 목사가 생겼다. 신문 기자가 생기고 잡지 기자가 생겼다. 민중의 지식 정도가 높았으니 신문, 잡지 독자가 부쩍 늘고 의사와 변호사의 벌이가 윤택하여졌다.

소설가가 원고료를 얻어먹고, 미술가가 그림을 팔아먹고, 음악가가 광대의 천호(賤號)에서 벗어났다.

인쇄소와 책 장사가 세월을 만나고 양복점, 구둣방이 늘비하여졌다. 연애결혼에 목사님의 부수입이 생기고 문화 주택을 짓느라고 청부업자가 부자가 되었다. 그리하여 부르주아지는 '가보'를 잡고 공부한 일부의 지식꾼은 진주(다섯 끗)를 잡았다.

그러나 노동자와 농민은 무대를 잡았다. 그들에게는 조선 문화의 향상이나 민족적 발전이나가 도리어 무거운 짐을 지워 주었을지언정 덜어 주지는 아니하였다. 그들은 배(梨) 주고 속 얻어먹은 셈이다.

인텔리…… 인텔리 중에도 아무런 손끝의 기술이 없이 대학이나 전문학교의 졸업 증서 한 장을, 또는 조그만 보통 상식을 가진 직업 없는 인텔리…… 해마다 천여 명씩 늘어가는 인텔리…… 뱀을 본 것은 이들 인텔리다.

부르주아지의 모든 기관이 포화 상태가 되어 더 수효가 아니 느니 그들은 결국 꾐을 받아 나무에 올라갔다가 흔들리는 셈이다. 개밥의 도토리다.

인텔리가 아니었으면 차라리…… 일제시구자삭제일편자(日帝時九字削除—編者) 노동자가 되었을 것인데 인텔리인지라 그 속에는 들어갔다가도 도로 달아나오는 것이 99퍼센트다. 그 나머지는 모두 어깨가 축 처진 무직 인텔리요 무력한 문화 예비군 속에서 푸른 한숨만 쉬는 초상집의 주인 없는 개들이다. 레디메이드 인생이다.

4

"제길!"

P는 혼자 두덜거리며 지금까지 섰던 기념 비각 옆을 떠났다.

P는 자기 자신이고 세상의 모든 일이고 모두 짜증이 나고 원수스러웠다.

광화문 큰 거리를 총독부 쪽으로 어실어실 걸어가노라니 그의 그림자가 짤막하게 앞에 누워 간다. P는 그 자기의 그림자를 콱 밟고 싶었다. 그러나 발을 내어 디디면 그림자도 그만큼 앞으로 더 나가곤 한다. 이 그림자와 자기 자신에게, 그리고 그림자를 밟으려는 자기 자신과 앞으로 달아나는 그림자에게 P는 자기의 이중인격의 모순 상(相)을 발견하였다.

동십자각 옆에까지 온 P는 그 건너편 담배 가게 앞으로 갔다.

"담배 한 갑 주시오."

하고 돈을 꺼내려니까 담배 가게 주인이,

"네, '마꼬' 입니까?"

묻는다.

P는 담배 가게 주인을 한 번 거들떠보고 다시 자기의 행색을 내려 훑어보다가 심술이 번쩍 났다. 그래서 잔돈으로 꺼내려던 것을 일부러 1원짜리로 꺼내 드는데 담배 가게 주인은 벌써 '마꼬' 한 갑 위에다 성냥을 받쳐 내어민다.

"해태 주어요."

P는 돈을 들이밀면서 볼멘소리를 질렀다. 그러나 담배 가게 주인은 그저 무신경하게,

"네!"

하고는 '마꼬'를 '해태'로 바꾸어  주고 팔십오 전을 거슬러 준다.

P는 저편이 무렴해하지 아니하는 것이 더욱 얄미웠다. 그는 '해태' 한 개를 꺼내어 붙여 물고 다시 전찻길을 건너 개천가로 해서 올라갔다. 인제는 포켓 속에 남은 것이 꼭 3원하고 동전 몇 푼이다. 엊그제 겨울 외투를 4원에 잡혀서 생긴 것이다.

방세와 전깃불 값이 두 달치나 밀렸다. 3원은 방세 한 달치를 주고 1원에서 전등 삯 한 달치를 주고도 싶었으나, 그러고 나면 그 나머지로 설렁탕이나 호떡을 사 먹어도 하루밖에는 못 지낸다. 그래, 그대로 넣어 두고 한 이틀 지내는 동안에 1원이 거진 달아났던 판인데, 공연한 객기를 부리느라고 당치도 아니한 '해태'를 샀기 때문에 인제는 1원 돈은 완전히 달아나고 3원만 남은 것이다.

P는 포켓 속에 손을 넣고 잔돈과 지폐를 섞어 3원 남은 돈을 만지작거렸다. 그러면서 왼편 손으로는 손가락을

꼽아 가며 3원을 곱쟁이쳐 보았다.

6원, 일십이 원, 이십사 원, 사십팔 원, 구십육 원, 일백 구십이 원, 8원 모자라는 이백 원…… 사백 원, 팔백 원, 일천육백 원, 삼천이백 원, 육천사백 원, 일만이천팔백 원, 팔백 원은 떼어 버리고 이만사천 원, 사만팔천 원, 구만육천 원, 일십구만이천 원, 삼십팔만사천 원, 칠십육만 팔천 원, 일백오십삼만육천 원…….

3원을 열여덟 번만 곱집으면 일백오십삼만 원, 그놈이 있으면…… 이렇게 생각하매 어깨가 으쓱해졌다. 3원의 열여덟 곱쟁이가 일백오십만 원이니 퍽 쉬운 일이다.

그놈만 있으면 일백만 원을 들여서 오십 전짜리 16페이 지 신문을 하나 했으면 우선 K 사장의 엉엉 우는 꼴을 볼 수가 있을 것이다.

그러나 아쉬운 대로 일십오만 원만 있어도, 일만오천 원, 아니 일천오백 원만 있어도, 아니 일백오십 원만 있어도, 일십오 원만 있어도 우선 방세와 전등 삯을 주고 한 달은 살아가겠다.

P는 한숨을 내쉬었다. 한 달? 한 달만 살고 나면 그담은 어떻게 하나? 그래도 몇백 원은 있어야지, 아니 몇천 원

은, 아니 몇만 원은…….

P는 늘 하는 버릇으로 이런 터무니없는 공상을 되풀이하였다. 그는 최근 이러한 공상을 하면서부터 취직을 시들하게 여겼다. 취직이 된댔자, 사오십 원이나 오육십 원의 월급이다. 그것을 가지고 빠듯빠듯 살아가들 무슨 아기자기한 재미가 있을 턱도 없는 것이다.

가령 근실히 해서 월괘 저금(月掛貯金) 같은 것도 하고 집도 장만하고 여편네도 생기고 사장이나 중역들의 눈에 들어 지위도 부장쯤으로는 올라가고 그리하여 생활의 근거도 안정이 되고 하면 지금 같은 곤란을 당하지 아니하겠지만, 그러나 P에게는 아직도 젊은 때의 야심이 있어 그러한 고식된 안정이나 명색 없는 생활은 도리어 피하고 싶었던 것이다. 좀더 남의 눈에 띄며 좀더 재미있고, 그리고 자유로운 생활……

물론 그는 지금이라도 누가 한 달에 삼십 원만 줄 테니 와서 일을 해 달라면 마치 주린 개가 고기를 보고 덤비듯이 덮어놓고 덤벼들 것이다. 그러나 속으로는 그와는 딴판으로 배포를 부리고 있는 것이다.

P가 삼청동으로 올라가느라고 건춘문 앞까지 이르렀을 때에 저편에서 말쑥하게 봄 치장을 한 여자 하나가 마주 내려왔다.

역시 삼청동 근처에 사는 여자인지 P와는 가끔 마주치는 여자다.

P는 그 여자와 만날 때마다 일부러 눈여겨보지 아니하는 체는 하면서도 실상은 고 비샅샅 관찰을 하였고, 그리고 속으로는 연애라도 좀 했으면 하던 터였다. 무엇보다도 동그스름한 얼굴에 이목구비가 모두 모지지 아니하고 얼굴의 윤곽이 둥글듯이

모가 나지 아니한 것, 그래서 맘자리도 그렇게 둥글려니 하는 것이 P의 마음을 끈 것이다.

그 여자는 자주 만나는 이 협수룩한 양복쟁이 — P를 면빛으로도 알아보았는지 처녀다운 조심스런 몸매로 길을 가로 비켜 가까이 왔다.

P는 고개를 꼿꼿이 쳐들고 앞만 쳐다보면서도 속으로는,

'저 여자가 지금 내 옆으로 다가와서 조그만 소리로 정답게 구애(求愛)를 한다면? 사뭇 들이안긴다면…… 어쩔꼬?'

이런 생각을 하면서 히죽이 웃는데 여자는 벌써 지나쳐 버렸다.

'흥! 어쩌긴 뭘 어째? 이년아, 일없다는데 왜 이래! 하고 발길로 칵 차 내던지지.'

하고 P는 어깨를 으쓱하였다.

삼청동 꼭대기에 있는 집 — 집이 아니라 사글세로 든 행랑방에 돌아왔다. 객지에 혼자 있으니 웬만하면 하숙에 있을 것이로되 밥값에 밀리고 그것에 졸릴 것이 무서워 P는 방을 얻어 가지고 있었던 것이다.

먹는 것이야 수중에 돈이 있을 때에 따라 호떡도 설렁탕

도 백화점의 런치도, 그렇잖고 몇 끼씩 굶기도 하여 대중이 없었다.

볕 구경을 잘 못해서 겨울에도 곰팡이가 슬고 이불을 며칠씩 그대로 펴 두는 방바닥에서는 먼지가 풀신풀신 올랐다.

하도 어설퍼 앉으려고도 아니 하고 방 가운데 우두커니 서서 있노라니까 안방 문 여닫는 소리가 들리며 주인 노파가 나와서 캑 하고 기침을 한다. P는 또 방세 졸릴 일이 아득하였다.

그러나 노파는 방세보다도 우선 편지 한 장을 들이밀어 준다. 고향의 형에게서 온 것이다. 편지를 뜯어 읽고 난 P는 말 가웃(一斗半)이나 되게 한숨을 푸 내쉬었다. 그리고는 편지를 박박 찢어 버렸다.

5

편지의 요건은 P의 아들에 관한 것이다.

P에게는 연전에 갈린 아내와의 사이에 생긴 창선이라는 아들이 있다. 금년에 아홉 살이다.

아내와 갈릴 때에 저편에서 다만 어린애만이라도 주었으면 그것을 데리고 길러 가는 재미로 혼자 사는 세상에 낙을 붙이겠다고 사정하였다. 그리고 적어도 중학까지는 마치게 하겠다는 것이었다. 그렇게 했으면 P도 한 짐을 덜었을 것이다. 그러나 그는 듣지 아니하였다.

어릴 적부터 소박데기 어미의 손에서 아비의 원망과 푸념을 들어 가면서 자란 자식은 자란  뒤에 그 아비에게 호감을 가지지 못한다. P는 자식을 꼭 찾고 싶은 것은 아니나 아무튼 장성하면 아비라고 찾아올 터인데 그때에 P는 이미 늙고 자식은 팔팔하게 젊은 놈이 제 어미를 소박한 아비라서 아니꼽게 군다면 그것은 차마 못 당할 노릇이다.

이러한 생각으로 P는 창선이를 내주지 아니한 것이다. 그러나 빼앗아 놓고 보니 인제 겨우 네댓 살밖에 아니 먹은 것을 자기 손으로 어찌할 수가 없다. 그리하여 할 수 없이 어렵사리 지내는 그 형에게 맡기어 놓고 다시 서울로 올라온 것이다. 보통학교에 다닐 나이가 되면 서울로 데려오겠다고 해두고.

P의 형은 작년에 조카를 보통학교에 입학시켰다. 그러나 극빈 축에 드는 집안인지라 몇 푼 아니 되는 월사금과 학비를 대지 못하여 중도에 퇴학시켰다. 애초에 입학시킬 상의로 P에게 편지를 했을 때에 P는 공부 같은 것은 시켰자 소용이 없으니 차라리 뼈가 보드라운 때부터 생일(노동)을 시키라고 하였다. P의 형은 그러나 백부(伯父)의 도리로나 집안의 체면으로나 창선이를 생일을 시킬 수가 없었다. 차라리 손에 두어 헐벗기고 헐입히면서 공부도 시키지 못하니 제 아비인 P더러 데려가라고 작년부터 편지를 하던 터이다.

금년도 입학 시기가 당함에 P의 형은 P에게 수차 편지를 하였다. 금년에 입학을 시키지 못하면 명년에는 학령이 초과되어 들어 주지 아니할 것이니 어서 데려다가 공부를 시키라는 것이다.

'그 어린 것이 굶기를 먹듯 하고 재주는 있으면서 남의 집 아이들이 학교에 다니는 것을 부러워하는 꼴은 차마 애처로워 볼 수가 없다. 차라리 이 꼴 저 꼴 보지 아니하는 것이 속이나 편하겠다.'

이번 편지에는 이러한 구절이 있고 끝에 가서,

'여비가 몇 원 변통되면 차를 태우고 전보를 칠 테니 정거장에 나와 데려가거라. 나도 웬만하면 객지에 혼자 있는 너에게 어린 자식을 떠맡기듯이 보내겠느냐마는 잘못하다가 그것을 굶겨 죽이겠기에 생각다 못하여 단행하는 것이다.'

이러한 말이 씌어 있었다.

P는 박박 찢은 편지를 돌돌 뭉쳐 방구석에 내던지고 한숨을 푸 내쉬었다.

인제는 자식을 데리고 있기가 피할 수 없이 되었는데 어떻게 했으면 좋을까 하는 것이다. 그는 형이 원망스럽고 아니꼬웠다. 굳이 제 아비를 따라 보낸다는 것이 아니라 부둥부둥 공부를 시키라는 것 때문이다. 기왕 서울로 보내나 시골서 데리고 있으나 고생시키기는 일반이니 차라리 시골서 일찍부터 생일이나 시켰으면 P에게는 여러 가지로 좋을 것이었다.

"흥! 체면! 공부! 죽어도 인텔리는 만들잖는다."

P는 혼자 이렇게 두덜거렸다.

"집에서 온 편지유? 무슨 걱정이 생겼수?"

말거리를 찾지 못하여 머뭇거리고 섰던 안방 노인이 동정이나 하는 듯이 이렇게 묻는다.

"아아니오."

P는 마지못해 코대답을 하였다.

"필경 무슨 걱정이 생긴 게구려!"

노인은 자기의 말거리를 만들려고 아니라는데도 이렇게 걱정을 내어 놓는다.

"그게 모두 가난한 탓이지…… 저렇게 젊고 똑똑한 이가, 저게 모두 가난한 탓이야! 어디 구실(職業) 자리 말한다더니 아직 아니 됐수?"

"네, 아직……."

"거 큰일 났구려! 어서 돼야 할 텐데…… 나두 꼭 죽겠수…… 이 늙은 것이…… 돈 좀 마련되잖았수?……."

"네, 아직 좀……."

"저걸 어쩌나! 오늘은 물값이야 전깃불 값이야 사뭇 받으러 달려들 텐데!"

"며칠만 더 미루십시오. 설마 하니 마나님이야 아니 드리겠습니까……."

"아무렴! 실수야 없을 줄 알지만 내가 하도 옹색하니깐

그러는 거지······."

P는 노인이 지껄이게 두어 두고 혼자 생각하였다. 전에 아는 집에서 셋방을 얻어 들었을 때에는 두 달이고 석 달이고 세가 밀려야 조르는 법이 없었다. 밀려도 조르지 아니하는 아는 집······ 이것이 P는 도리어 미안해서 이곳으로 옮겨온 것이다. 옮겨와 가지고 막상 졸림질을 당하니 미안해도 졸림질을 아니 하던 옛집이 그리워지는 것이다.

노인이 문을 가로막고 서서 수다스런 소리를 더 지껄이려고 하는데 마침 P의 동무 M과 H가 찾아왔다.

"어디 나가나?"

M이 그러잖아도 벌씸한 코를 한 번 더 벌씸하고 사이 벌어진 앞니를 내어 보이며 싱긋 웃는다.

몸집은 M과 같이 뚱뚱하지만 키가 작아 M의 뒤에 가려 섰던 H가 옆으로 나서며,

"안녕하시오."

하고 인사를 한다.

P는 싱긋이 웃었다. 이 M과 H는 같은 하숙에 있는데 두 사람은 곧잘 같이 돌아다닌다. 같이 가는 것을 나란히 세

워 놓고 보면 하나는 키가 커서 우뚝하고, 하나는 키가 작아서 납작 붙어 가는 것 같다.

얼굴도 M은 우들부들한 게 정객 타입으로 생기었고 잘못하면 복싱 링에 내세워도 좋겠고 H는 안존한 게 사무원 타입이다.

일상의 언행을 보아도 H는 무슨 이야기가 자기 전문인 법률에 관한 것에 다다르면 육법전서의 조목을 따르고 외우면서 이렇고 저렇고 하다고 설명을 하고, M은 동경서 학생××에 제휴를 했던 만큼, 그리고 전문이 정경과인 만큼 좌익 진영에서 쓰는 어투가 그대로 나온다.

"여전히 모두 동색(冬色)이 창연하군!"

P는 두 사람의 특특한 겨울 양복을 보고, 그리고 자기의 행색을 내려보며 웃었다.

M이 신을 벗고 들어와 먼지 앉은 책상 위에 걸터앉으며,

"춘래 불사춘일세."

하고 한마디 왼다. H도 따라 들어와 한편에 앉으며 한마디 한다.

"아직 괜찮아……. 거리에서 보니까 동복 입은 사람이

많데……."

"괜찮기는 뭐 괜찮아……. 우리가 길로 돌아다니니까 사방에서 아이구야 소리가 들리데."

"왜?"

"봄이 발밑에서 짓밟히느라고."

"하하하하."

세 사람은 소리를 내어 웃었다.

"참, 시험 본 것 어떻게 되었소?"

P는 H가 일전에 총독부서 본 교원 채용 시험을 생각하고 물어보았다.

"말두 마시우……. 인제는 꼭 들어앉아 공부나 해 가지고 변호사 시험이나 치겠소."

사람이 별로 신통성도 없고, 그렇다고 여기저기 발련도 없어 취직이 여의하게 되지 못하는 것을 볼 때에 P는 가없은 생각이 늘 들곤 하였다.

"가만있게……. 어서 변호사 시험만 패스하게. 그러면 인제 내가 일백만 원짜리 주식회사를 조직해 가지고 자네를 법률 고문으로 모셔 옴세."

이것은 M이 늘 농삼아 하는 농담이다. M도 1년이나 취직 운동을 하면서 지냈건만 그는 되레 배포가 유하다. 좀 더 재빠르게 했으면 M은 벌써 취직이 되었을지도 모르나 그는 타고난 배포와 그리고 남에게 아유구용을 하기 싫어하는 성질로 말하자면 취직전선의 낙오자다.

별로 만나야 할 일도 없다. 그러나 제가끔 혼자 있으면 우울해지니까 이렇게 서로 찾으며 자주 만나게 된다. 만나 앉아서 이야기라도 지껄이면 그동안만은 명랑하여진다. 지금 서울 안에 P니 M이니 H와 같이 매일 만나 하는 일 없이 돌아다니고 주머니 구석에 돈푼 있으면 서로 털어 선술잔이나 먹고 하는 룸펜의 패가 수없이 많다.

무어나 일을 맡기었으면 불이 번쩍 일게 해낼 팔팔할 젊은 사람들이다. 그렇건만 그들은 몸을 비비 꼬고 있다.

아무 데도 용납지 못하는 사람들이다. ××적 ××에서 그들을 불러들이기에는 ××적 ××의 주관적 정세가 너무도 미약하다. 그것은 그들의 몇 부분이 동경서 학생으로 있을 시절에는 그 속에서 활발하게 ××를 계속하던 것이 조선에 나오면서 탈리되는 것으로 보아 그러한 해석을 내리지 아니할 수가 없다.

그렇다고 부르주아지의 기성 문화 기관에 들어가자니 그

곳에서는 수요를 찾지 아니한다. 레디메이
드로 된 존재들이니 아무 때라도 저편에서
필요해야만 몇씩 사들여 간다.

M이 '마꼬'를 꺼내 놓고 붙여 문다. P는 포
켓 속에 들어 있는 '해태'를 차마 내놓기가
낯이 따가워 M의 '마꼬'를 집어 당겼다.

P는 설명을 시작한다. P는 자신 그러한 장난 비슷한 공
상은 하면서 일단 해 보라고 하면 주저할 것이지만, 어쨌
거나 그랬으면 통쾌하리라는 것이다.

"먼첨 경무국에 들어가서 아주 까놓고 이야기를 한단 말
이야. 우리가 지금 대상으로 하고 있는 것은 총독부가 아
니라 조선의 소위 민간 측 유지들이니까 간섭을 말아 달
라고."

"그러면 관허(官許) 메이 데이로구만."

"그래, 관허도 좋아……. 그래 가지고는 거기에다가는
뭐라고 쓰느냐 하면 '우리에게 향학열을 고취한 놈이 누
구냐? 어때?"

"좋―지."

"인텔리에게 직업을 내라……. 이렇게 노래를 지어 부르

거든."

"응, 유지와 명사의 가면을 박탈시키라고 ― 한 몇십 명이 그렇게 데모를 한단 말이야."

"하하하하."

M은 이렇게 웃고, H는 시원찮은 핀잔을 준다.

"듣그럽소 여보……. 아, 벌써 멀끔멀끔한 양복쟁이들이 종로 네거리로 기를 받고 그렇게 다녀 봐! 애들이 와서 나 광고지 한 장 주! 하잖나."

"하하하하."

"허허허허."

창밖에서 냉이 장수가 싸구려 소리를 외치고 지나간다.

M이 그에 응하여,

"이크, 봄을 덤핑하는구나."

"흥, 경제학자라 다르군……. 참, 우리 하숙에서는 채소를 좀 먹어 주어야지!"

"밥값을 잘 내 보지."

"그도 그렇지만."

"나는 석 달치 밀렸네."

"나도 그렇게 될걸."

"그러니까 나처럼 이렇게 아파트 생활을 해요."

이섯은 P의 말이다. 아파트라고 말해 놓고 서글퍼서 허
허 웃었다.

"조선식 아파트! 그렇지만 우리가 아파트 생활을 했다면
아마 두어 달 전에 굶어 죽었을걸."

"나는 돈을 보면 초면 인사를 해야 되겠네……. 본 지가 하도 오래라서 낯을 잊었어."

"여보게."

하고 M이 의젓하게 H를 달군다.

"돈 구경한 지 오래 됐다지?"

"응."

"존 수가 있네."

"자네 책 좀 삼사(三四) 구락부에 보내세."

"싫으이."

"자네 돈 구경하고……. 구경하고 나서 그놈으로 한잔 먹고……."

"한잔 말이 났으니 말이지 요즘 같으면 술이나 실컷 먹고 주정이라도 했으면 속이 시원하겠네."

"그러니까 말이야……. 가세. 가서 다섯 권 잽혀."

"일없다."

"내가 찾아 주지."

"흥."

"정말이야."

"싫어."

6

그날 밤.

P와 M은 H를 졸라 그의 법률책을 잡혀 돈 6원을 만들어 가지고 나섰다.

선술집에 가서 엔간히 취하도록 먹은 뒤에 C라는 카페에 가서 술 두 병을 놓고 자정이 되도록 노닥거렸다. 그곳에서 나올 때는 6원 돈이 2원 남았다. 2원의 처지를 생각하다 세 사람은 일제히 동관으로 가기로 하였다.

세 사람이 모두 다리가 비틀거렸다. 다 쓰러져 가는 초가집을 세 사람이 아는 집 들어서듯 쑥쑥 들어서니,

"들어오십시오."

"어서 오십시오."

하고 머리 딴 계집애와 배가 북통 같은 애 밴 계집이 마루로 나선다.

P가 무심결에 '해태' 갑을 꺼내어 무니까 머리 딴 계집애가 P의 목을 얼싸안고 불에다 입을 쪽 맞추더니,

"나도 하나."

하고 손을 벌린다. P는 기가 막혀 담뱃갑을 내미는데 H

와 M은 박수를 하며,

"브라보……."

하고 굉장하게 큰 소리로 외친다.

건넌방에 들어가 앉으니 마루에서 따그락따그락 소리가 난다. 배부른 계집은 푸대접을 받고 머리 딴 계집애가 H와 M의 손으로 옮아 다니면서 주물린다. 깩깩 소리를 지르며 엄살을 한다. 말을 붙이고 대답을 주고받고 하는 것이 H와 M은 전에 한 번 와 본 집인 듯하다.

잔은 사발만 한데 술 주전자는 눈알만 하다. 술을 부어 놓으니 M이 척 받아 놓고는 노래를 투정한다. 계집애는 그보다 더 약아서 제가 그 술을 쭉 들이마시고는 빈 잔만 M의 입에 대어 준다.

P는 개숫물같이 밍밍한 술을 두어 잔 받아먹는 동안에 비위가 콱 거슬려서 진정하느라고 드러누웠다.

H가 계집애를 무릎에 올려 놓고 신이 나게 노래를 부른다. 물론 고저도 장단도 맞지 아니하는 노래다.

M이 애 밴 계집을 실컷 시달려 주다가 머리 딴 계집애를 빼앗아 가더니 귀에 대고 무어라고 속삭거린다. 그러면

서 둘이서 연해 P를 건너다보며 싱긋벙긋 웃는다.

조금 있다가 계집애가 P에게로 오더니 귀에다 입을 대고 속삭인다.

"저이가 나더러 당신하고 오늘 저녁…… 응, 어때?"

"그래라."

P는 불쑥 성난 것처럼 대답했다.

"아이! 싱거워!"

계집애는 P를 한 번 꼬집어 주고 다시 M에게로 달아났다. M에게로 가서 또 무어라고 속삭거리더니 재차 와 가지고는 귓속말을 한다.

"자고 가, 응."

"그래, 글쎄."

"꼭."

"응."

"정말."

"응."

술은 네 주전자가 들어왔는데 세 사람 손님은 두서너 잔씩밖에 아니 먹었다. 그 나머지는 다 저희가 먹었다. 계집애가 술이 곤주가 되게 취해 가지고 해롱해롱 까분다.

술값을 치르는 것을 보고 P도 따라 일어섰다. M이 몸뚱이로 슬쩍 밀어서 방 안으로 들여보내고 뒤에서 계집애가 양복 뒷깃을 잡아당긴다.

"그래라, 자고 간다."

P는 방 가운데 벌떡 드러누웠다.

"너희 집이 어디냐?"

계집애가 옆에 와서 앉는 것을 보고 P가 물었다.

"××도 ××."

"언제 왔니?"

"작년에."

P는 몸을 일으켰다. 또 속이 왈칵 뒤집혀 좀더 진정하려고 하는 생각인데 계집애가 콱 밀어뜨린다.

"나이 몇 살이냐?"

"열여덟."

"부모는?"

"부모가 있으면 여기서 이 짓을 해?"

"왜, 이 짓이 나쁘냐?"

"흥…… 나도 사람이야."

"에꾸! 나는 제가 신선일 줄 알았더니 인제 보니까 사람

이로구나!"

"듣그러!"

계집에는 눈을 쪽 흘기고는 갑자기 웃으면서 P의 목을
끌어안는다.

"자고 가, 응."

"우리 마누라한테 자볼기 맞고 쫓겨난다."

"그러면 나한테 와서 나하고 살지⋯⋯. 여기 내 빚 팔십 원만 물어 주면······."

"팔십 원이냐?"

"응."

"가겠다."

P는 또 일어나려는 것을 계집이 껴안고 놓지 아니한다.

"자고 가······. 내가 반했어."

"아서라."

"정말!"

"놓아."

"아니야, 안 놓아. 자고 가요, 응······. 자고······ 나 돈 좀
주어."

"돈? 내가 돈이 있어 보이니?"

"돈 소리가 절렁절렁 나는데."

미상불 P의 포켓 속에는 아까부터 잔돈 소리가 잘랑거렸
다.

"자고 나 돈 조····· 금 주고 가, 응."

"얼마나?"

"암만도 좋아······ 오십 전도, 아니 이십 전도."

계집애의 말이 떨어지기도 전에 P는 불에 덴 것같이 벌

떡 일어섰다. 일어서면서 그는 포켓 속에 손을 넣어 있는
대로 돈을 움켜쥐고 방바닥에 획 내던졌다. 1원짜리 지
전 두 장과 백동전이 방바닥에 요란스럽게 흐트러진다.

"앗다, 돈!"

내던지고는 P는 뛰어나왔다. 그의 눈에는 눈물이 괴었
다.

7

P는 정조적(貞操的)으로 순진한 사나이가 아니다.

열네 살 때 소꿉질 같은 장가를 갔고 그 뒤 동경 가
서 있을 동안에 거기 여자와 살림도 하였다. 조선에
돌아와 직업을 가지고 있는 사이에 기생과 사귀어
한동안 죽을 둥 살 둥 모르게 지내기도 하였다.

그 밖에도 정 두어 지낸 여자가 두엇 더 있다. 그러나 삼
십이 뇌도록 지금까지 유곽을 가거나, 은근짜 집을 가거
나, 동관의 색주가 집에 가서 잠자리를 한 일은 없다.

그것은 P의 괴벽이다. 어떠한 여자를 물론하고 그가 정
이 들지 아니한 여자이면 절대로 관계를 아니 한다는 것

이다.

그 대신 한번 P의 눈에 들고, 따라서 정이 들면 아무것도 돌아보지 아니하고 심각한 열정에 맡기어 완전히 그 여자를 움켜쥐어 버리며 또한 그 여자에게 전부를 내주어 버린다. 그리하여 그는 늘 all or nothing을 말한다.

이것이 처세상 퍽 이롭지 못한 것을 P도 잘 안다. 또 공연한 승벽이요 고집인 줄 알건만 그는 그것을 고치지 못한다.

이날 밤에도 그는 그 계집애를 조금도 어떻게 하겠다는 생각은 나지 아니하였다.

술 취한 끝에 속이 괴로우니까 진정을 하자는 판인데 '오십 전, 아니 이십 전도 좋아' 하는 소리에 버쩍 흥분이 된 것이다.

너무도 인간이 단작스럽고 악착스러운 것 같았다. P가 노상 보고 듣는 세상이 돈을 중간에 놓고 악착스럽게 으르릉으르릉하는 것임을 모르는 바는 아니나 정조 대가로 일금 이십 전을 요구하는 것은 처음 보았다.

P는 그러한 여자가 정조를 파는 데 무신경한 것도 잘 알고 있으며, 따라서 그것이 비도덕이니 어쩌니 하는 것도

아니다. 그의 관점과 해석은 그런 것보다 더 나아간 입장에 있었다.

그러나 '이십 전만 주어도……' 소리에는 이것저것 생각하고 헤아릴 나위도 없었다. 더럽고 얄미우면서도 눈물이 괴었다. 3원쯤 되는 전 재산을 털어 내던지고 정신없이 뛰어나온 것이었다.

술 취한 P를 혼자 남겨 둔 H와 M은 골목에서 기다리고 서 있었다. P가 뛰어나온 것을 보고 그들은 우선 농을 건넨다.

"한턱하오."

"장가간 턱하게."

P는 고개를 흔들었다. 그리고 멍하니 서서 생각을 하였다.

다분의 가면 밑에서 꿈틀거리는 인도주의에 몹시 증오를 느끼는 P는 이날 밤 자기의 행동을 어떻게 해석한지 몰라 괴로워하였다.

내일을 굶어야 할 돈이지만 돈이 아까운 것이 아니다. 정조 값으로 이십 전을 주어도 좋다는데, 왜 정조는 퇴하고 돈만 있는 대로 털어 주었는가? 왜 눈에 눈물이 괴는가?

8

P는 머리가 띵하고 속이 뉘엿거리어 정신을 차릴 수가 없었다. 그는 두 친구에게 인사도 변변히 하지 아니하고 코를 베인 듯이 삼청동으로 올라왔다. 어서 바삐 좀 드러 눕고만 싶었던 것이다.

아무리 방구들은 차고 지저분하게 늘어놓았어도 제 처소 는 반가운 것이다. 더구나 몸이 괴로울 때는!

P는 누더기 양복이나마 벗으려고도 아니 하고 그대로 펴 두었던 이부자리 속에 몸을 파묻었다. 드러누우니 취기 가 새삼스레 더하여 영영 옷 벗을 생각도 잊어버리고 그 대로 잠이 들었다.

얼마를 자고 났는지 괴로워 부대끼다 못하여 잠이 깨었 을 때는 목이 타는 듯이 말랐다. 물은 없다. 물이 없어 못 먹느니라 생각하니 목은 더 말랐다.

밤은 어느 때나 되었는지 짐작할 수가 없다. 전등은 그대 로 켜져 있다. 밖에서는 사람 지나다니는 발자국 소리도 들리지 아니한다. 전차 달리는 소리도 들리지 아니하고, 가끔 가다가 자동차의 경적이 딴 세상의 소리같이 감감하게 들리어 온다.

밤이 깊지 아니했으면 잠긴 안대문을 두드려 주인 노인에게라도 물을 청하겠지만 깊은 밤에 그리 하기도 미안하다. 그것도 방세나 여일하게 내었을 제 말이지 얼굴 대하기를 이편에서 피하는 판에 차마 못할 일이다. 물지게 장수의 삐득거리는 소리가 들리나 하고 귀를 기울였으나 감감히 소리가 없다.

몸은 더욱더욱 말라 들어온다. 입술이 바싹 마르고 입 안에 침기가 없고 목구멍이 바삭바삭 소리가 날 듯이 마르고, 그러고는 창자 속까지 말라 내려가는 듯하다.

금방 미칠 듯하다. 눈앞에 용용하게 흘러가는 푸른 한강이 어릿어릿하고 솨 쏟아지는 수통 꼭지가 보이는 듯하다.

P는 배고픈 고비는 많이 겪어 보았으나 이대도록 목마른 침은 낭하기 처음이다.

배는 고프면 기운이 없어 착 가라앉을 뿐이었지만 목이 극도로 마름에는 금세 미치고 후덕후덕 날뛸 것 같다.

일어나서 삼청동 꼭대기로 올라가면 산골짝이의 물도 있

고 또 우물도 있기는 하다. 그러나 이 어두운 밤에 어디가 어디인지 보이지 아니할 테고, 또 우물에는 두레박도 없을 것이다.

겨우겨우 참아 가며 몇 시간을 삐대었다. 실상 1시간도 못 되는 동안이지만 P에게는 여러 시간인 듯만 싶었다. 그런 뒤에 겨우 물지게 소리를 듣고 그는 수통이 있는 곳을 찾아 뛰어나갔다.

 사정 이야기도 변변히 하지 아니하고 쏟아지는 수통 꼭지에 매어 달리어 한 동이는 되리만큼 냉수를 들이켰다. 물장수가 어이가 없어 물끄러미 치어다보고만 있다가 P의 꾸벅 하고 돌아서는 등 뒤에다 혀를 끌끌 찬다.

밤보다도 더 다급하게 그립던 물을 실컷 들이켜고 나니 찌뿌드드하게 엉킨 듯 불쾌하던 취기(醉氣)도 적이 걷히고 정신이 말쑥하여졌다.

P는 새삼스레 양복을 벗어 던지고 다시 자리에 파묻혔다. 인제는 잠이 십 리나 달아나고 눈이 초랑초랑하여진다. 그러면서 어젯밤 일이 머리에 떠오른다.

그것은 마치 못 먹을 것을 먹은 것처럼 꺼림칙한 기억이다. 아무렇게나 씻어 넘겨 버리재도 그러나 머리 한구석에 박혀 가지고 사라지려 하지 아니하는 어룽(斑點)과 같다. 어떻게 해서라도 시원스러운 해석을 내리고라야 마음이 놓일 것 같다.

정조 대가(貞操代價)로 일금 이십 전을 부르는 여자…….

방금 세상에는 한 번 정조를 빼앗긴 것으로 목숨을 버려 자살하는 여자도 있다. 그러는 한편 '이십 전도 좋소.' 하는 여자가 있다.

여자의 정조가 그것을 잃었다고 자살을 하도록 그다지도 고귀한 것이라면 '이십 전에라도 팔겠소.' 하는 여자가 눈을 멀끔멀끔 뜨고 있는 사실은 무엇으로 설명할 것인가?

또 정조를 '이십 전에도 팔겠소.' 하는 여자가 있도록 그것이 아무렇지도 아니한 것이라면 그것을 한 번 빼앗긴 때문에 생명을 내버리는 여자가 있는 것은 무엇으로 설명할 것인가?

이 두 여자가 모두 건전한 양심의 소유자라고 볼 수는 없다.

그러나 그 가운데 나무라기로 들면 차라리 정조를 빼앗

긴 것으로 자살한 여자를 나무랄 것이지 '이십 전에 팔겠소.' 하는 여자는 나무랄 수가 없다.

열여섯 살부터 시작하여 이래 3년이나 색주가 집으로 굴러다니는 여자다.

언제 누구에게 귀떨어진 도덕 관념이나 정당한 인생관을 얻어들은 적이 없을 것이다.

술잔을 들고 앉아 한 잔이라도 오는 손님에게 더 먹이어 한 푼어치라도 주인의 수입을 도와주면 칭찬이 오니 그만이다.

"고년 어여쁘다. 나하고 ××."

하고 손님이 말하면 그에 좇아 비록 조발(早發)일지언정 생리적 만족을 얻는 한편 그야말로 단돈 이십 전이라도 벌면 그만이다.

옆에서 그것을 시키기는 할지언정 그것이 나쁘다고 가르쳐 주는 사람이 있을 턱이 없는 것이다. 사실 일반 매춘부가 정조적으로 양심을 가진 듯이 보인다는 것은 그 대부분이 되레 한 가식(假飾)에 지나지 못하는 것이다.

그것은 그들에게 있어서 일종의 정당성을 가진 노동인 것이다. 그러나 그것을 보고 불쌍하다고 여기고 동정을 하는 것은 의문의 패은이다.

지금 세상은 정당한 성도덕(性道德)이

서 있는 때도 아니다.

그것은 한 세대(世代)에 여러 가지의 시대사조가 얼크러

져 있는 때문이다. 그러니까 여자의 정조에 대하여도 일

률적으로 선악과 시비를 가릴 수 없는 것이다.

하룻밤 몸값으로 '이십 전도 좋소.' 하는 여자, 그에게는

다른 사람이 갖는 성도덕도 없고, 따라서 자신을 타락이

라서 슬퍼하지도 아니한다. 그 여자 자신을 나무랄 필요

도 없는 것이요, 동정할 여지도 없는 것이다. 그 여자 자

신은 결코 불쌍한 사람이 아니다.

예수의 사랑(?)도 아무리 그 사랑이 크고 넓다 했을지언

정 그것은 '불쌍한 사람', '죄지은 사람'에게 미칠 수

있는 것이다.

'불쌍하지 아니한', '죄짓지 아니한' 등괴의 색주가 계

집애에게는 누구의 동정이나 사랑도 일없는 것이다.

'뭣? 관념적이라고?'

그렇다. 관념적이라도 할 수 없다. 그러나 그것은 그 여

자의 주관을 객관화한 것이다.

또 그 병적 현실에 메스를 대는 것은 집단의 역사적 문제이지만, 룸펜 인텔리의 결벽과 흥분쯤으로는 문제가 되지 아니한다.

다만 취객이 3원 각수를 던져 주었으므로 해서 그 여자는 감격 없는 기쁨을 맛보았을 뿐일 것이다.

'이게 웬 떡이냐……. 어제 저녁에 꿈이 괜찮더니 이런 땡을 잡을 양으로 그랬구나……. 웬 얼간 망둥이냐.'

그 계집애는 응당 그렇게밖에는 더 생각되지 아니하였을 것이다. 그것이 결코 무리가 없는 당연한 일이다.

P는 여기까지 생각하고 입맛 쓴 고소를 띠었다.

"흥! 되지 못하게…… 장님이 눈병 앓는 사람더러 불쌍하다고 한 셈인가."

P는 돌아누우면서 혀를 끌끌 찼다.

9

1934년의 이 세상에도 기적이 있다.

그것은 P가 굶어 죽지 아니한 것이다. 그는 최근 일주일 동안 돈이 생긴 데가 없다. 잡힐 것도 없었고 어디서 벌

이한 적도 없다. 그렇다고 남의 집 문 앞에 가서 '밥 한
술 주시오.' 하고 구걸한 일도 없고 남의 것을 훔치지도
아니하였다.

　　　　　　　　그러나 그동안 굶어 죽지 아니하
　　　　　　　　였다. 야위기는 하였지만
　　　　　　　　그래도 멀쩡하게 살아 있다.

P와 같은 인생을 이 세상에 하나도 없이 싹 치운다면 근
로하는 사람이 조금은 편해질는지도 모른다.

P가 소(小) 부르주아지 축에 끼는 인텔리가 아니요 노동
자였다면 그동안 거지가 되었거나 비상 수단을 썼을 것
이다. 그러나 그에게는 그러한 용기도 없다. 그러면서도
죽지 아니하고 살아 있다. 그렇지만 죽기보다 더 귀찮은
일은 그를 잠시도 해방시켜 주지 아니한다.

그의 아들 창선이를 올려 보낸다고 어제 편지가 왔고, 오
늘은 내일 아침에 경성역에 당도한다는 전보까지 왔나.

오정 때 전보를 받은 P는 갑자기 정신이 난 듯이 쩔쩔매
고 돌아다니며 돈을 마련하였다. '최소한도 이십 원
은……' 하고 돌아다닌 것이 석양 때 겨우 십오 원이 변
통되었다.

종로에서 풍로니 냄비니 양재기니 숟갈이니 무어니 해서
살림 나부랭이를 간단하게 장만하여 가지고 올라오는 길
에 전에 잡지사에 있을 때 안××인쇄소의 문선 과장을
찾아갔다.

월급도 일없고 다만 일만 가르쳐 주면 그만이니 어린아
이 하나를 써 달라고 졸라 댔다.

A라는 그 문선 과장은 요리조리 칭탈을 하던 끝에 ─ 그
는 P가 누구 친한 사람의 집 어린애를 천거하는 줄 알았
던 것이다.

"보통학교나 마쳤나요?"

하고 물었다.

"아아니오."

P는 솔직하게 대답하였다.

"나이는 몇인데?"

"아홉 살."

"아홉 살?"

A는 놀라 반문을 하는 것이었다.

"기왕 일을 배울 테면 아주 어려서부터 배워야지요."

"그래도 너무 어려서 원, 뉘 집 애요?"

"내 자식 놈이랍니다."

P는 그래도 약간 얼굴이 붉어짐을 깨달았다. A는 이 말에 가장 놀라운 듯이 입만 벌리고 한참이나 P를 물끄러미 바라다본다.

"왜? 내 자식이라고 공장에 못 보내란 법 있답니까?"

"아니, 정말 그래요?"

"정말 아니고."

"괜히 실없는 소리……. 자제라고 해야 들어줄 테니까 그러시지?"

"아니, 그건 그렇잖아요. 내 자식 놈이야요."

"그럼 왜 공부를 시키잖구?"

"인쇄소 일 배우는 것도 공부지."

"그건 그렇지만 학교에 보내야지."

"학교에 보낼 처지가 못 되고 또 보낸댔자 사람 구실도 못 할 테니까……."

"거참, 모를 일이오. 우리 같은 놈은 이 짓을 해가면서도 자식을 공부시키느라고 애를 쓰는데,

되레 공부시킬 줄 아는 양반이 보통학교도 아니 마친 자제를 공장엘 보내요?"

"내가 학교 공부를 해 본 나머지 그게 못쓰겠으니까, 자식은 딴 공부를 시키겠다는 것이지요."

"글쎄 정 그러시다면 내가 내 자식 진배없이 잘 데리고 있으면서 일이나 착실히 가르쳐 드리리다마는…… 원 너무 어린데 애처롭잖아요?"

"애처로운 거야 애비 된 내가 더하지만, 그것이 제게는 약이니까……."

P는 당부와 치하를 하고 인쇄소를 나왔다. 한 짐 벗어 놓은 것같이 몸이 가뿐하고 마음이 느긋하였다. 그는 집으로 올라가는 길에 싸전에 쌀 한 말을 부탁하고 호배추도 몇 통 사들였다. 그렁저렁 5원을 썼다.

십 원 남은 중에 주인 노인에게 6원을 내주니 입이 귀밑까지 째진다. 그 끝에 P가 사 온 호배추를 내주며 김치를 담가 달라고 하니 선선히 응낙한다. 그리고 자식을 데리고 자취를 하겠다니까 깍두기나 간장이나 된장 같은 것을 아까운 줄 모르고 날라다 주고 한다.

10

이튿날 전에 없이 첫 새벽에 일어나 P는
서투른 솜씨로 화롯밥을 지어 놓고 정거
장으로 나갔다.

그의 형에게서 온 편지에 S라는 고향 사람이 서울 올라
오는 길에 따라 보낸다고 했으니까 P는 창선이보다도 더
낯이 익은 S를 찾았다. 과연 차가 식식거리고 들어서매
인간을 뱉어 내놓은 찻간에서 S가 창선이를 데리고 두리
번거리며 내려왔다.

어디서 생겼는지 새까만 고쿠라 양복을 입고 이화표 붙
은 학생 모자를 쓰고 거기다가 보따리를 하나 지고 무엇
꾸린 것을 손에 들고 차에서 내리는 어린아이…… 저게
내 자식이니라 생각하니 P는 어쩐지 속으로 얼굴이 붉어
지며 한편 가엾기도 하였다.

S가 두 손에 짐을 가득 들고 두리번거리다가 가까이 온 P
를 보고 반겨 소리를 지른다. 창선이가 모자를 벗고 학교
식으로 경례를 한다. 얼굴은 네댓 살 적에 보던 것보다 더
한층 저의 외가를 닮았다. P는 그것이 몹시 불만이었다.

"그새 재미가 좋았니?"

S의 하는 첫인사다.

"뭘 그저 그렇지……. 괜한 산 짐을 지고 오느라고 애썼네."

P는 이렇게 인사 겸 치하를 하였다.

"원 천만에……. 그 애가 나이는 어려도 어떻게 속이 찼는지……. 너 늬 아버지 알아보겠니?"

S는 창선이를 돌아보며 웃는다. 창선이는 고개를 숙이고 수줍은지 아무 대답도 아니 한다.

P는 S와 창선이를 데리고 구름다리로 올라왔다.

"저의 외할머니가 저 양복이야 떡이야 모두 해 가지고 자네 댁에까지 오셨더라네……. 오셔서 어제 떠나는데 정거장까지 나오셨는데 여러 가지 신신당부를 하시데…… 자네에게 전하라고."

S는 P가 그다지 듣고 싶지도 아니한 이야기를 뒤따라오며 늘어놓는다.

그의 가슴에는 옛날의 반감이 솟쳐 올랐다.

"별걱정 다 하던 게로군……. 내 자식 내가 어련히 할까봐 쫓아다니면서 그래……."

"그래도 노인들이라 어디 그런가⋯⋯. 객지에서 혼자 있는데 데리고 있기 정 불편하거든 당신께로 도로 보내게 하라고 그러시데."

"그 집에 내 자식이 무슨 상관이 있어서 보내라는 거야? 보낼 테면 그때 데려왔을라구⋯⋯."

P는 그것이 모두 그와 갈린 아내의 조종인 줄 알기 때문에 더구나 심정이 났다. 화가 나는 대로 하면 어린아이가 입고 온 양복도 벗겨 내던지고 싶었으나 참았다.

11

일찍 맛보지 못한 새살림을 P는 시작하였다.

창선이가 도착한 날 밤.

창선이는 아랫목에서 색색 잠을 자고 있다. 외롭게 꿈을 꾸고 있으려니 생각하매 전에 없던 애정이 솟아오르는 듯하였다.

이튿날 아침 일찍 창선이를 데리고 ××인쇄소에 가서 A에게 맡기고 안 내키는 발길을 돌이켜 나오는 P는 혼자 중얼거렸다.

"레디메이드 인생이 비로소 겨우 임자를 만나 팔리었구나."

2

논 이야기

논
이야기

일인들이 토지와 그 밖에 온갖 재산을 죄다 그대로 내어 놓고 보따리 하나에 몸만 쫓기어 가게 되었다는 이야기를 듣는 한 생원은 어깨가 우쭐하였다.

"거 보슈 송 생원. 인전들, 내 생각나시지?"

한 생원은 허연 탑삭부리에 묻힌 쪼글쪼글한 얼굴이 위아래 다섯 대밖에 안 남은 누런 이빨과 함께 흐물흐물 웃는다.

"그러면 그렇지, 글쎄 놈들이 제아무리 영악하기로소니

논에다 네 귀탱이 말뚝 박구섬 인도깨비처럼, 어여차 어여차, 땅을 떠 가지구 갈 재주야 있을 이치가 있나요?"

한 생원은 참으로 일본이 항복을 하였고, 조선은 독립이 되었다는 그날 — 8월 15일 적보다도 신이 나는 소식이었다. 자기가 한 말이 꿈결같이도 이렇게 와 들어맞다니…… 그리고 자기가 한 말대로, 자기가 일인에게 팔아넘긴 땅이 꿈결같이도 도로 자기의 것이 되게 되었다니…… 이런 세상에 신기하고 희한할 도리라고는 없었다.

조선이 독립이 되었다는 8월 15일, 그때는 한 생원은 섬뻑 만세를 부르고 싶은 생각이 나지 않았어도, 이번에는 저절로 만세 소리가 나와지려고 하였다.

8월 15일 적에 마을에서는 젊은 사람들이 설도를 하여 태극기를 만들고, 닭을 추렴하고, 술을 사고 하여 놓고 조촐히 만세를 불렀다.

한 생원은 그 자리에 참례를 하지 아니하였다. 남들이 가서 같이 만세를 부르자고 하였으나 한 생원은 조선이 독립이 되었다는 것이 별양 반가운 줄을 모르겠었다. 그저 덤덤할 뿐이었었다.

물론 일본이 항복을 하였으니 전쟁은 끝이 난 것이요, 전쟁이 끝이 났으니 벼 공출을 비롯하여 솔뿌리 공출이야, 마초 공출이야, 채소 공출이야, 가지가지의 그 억울하고 성가신 공출이 없어지고 말 것이었다.

또, 열여덟 살배기 손자 놈 용길이가 징용에 뽑혀 나갈 염려가 없을 터이었다. 얼마나 한 생원은, 일찍이 아비를 여의고, 늙은 손으로 여태껏 길러온 외톨 손자 놈 용길이가 징용에 뽑히지 말게 하려고, 구장과 면의 노무계 직원과, 부락 담당 직원에게 굽은 허리를 굽실거리며 건사를 물고 하였던고. 굶는 끼니를 더 굶어 가면서 그들에게 쌀을 보내어 주기. 그들이 마을에 얼찐거리면 부랴부랴 청해다 씨암탉 잡고 술대접하기, 한참 농사일이 몰릴 때라도, 내 농사는 손이 늦어도 용길이를 시켜 그들의 논에 모심고 김매어 주고 하기. 이 노릇에 흰머리가 도로 검어질 지경이요, 빚은 고패가 넘도록 지고 하였다.

하던 것이 인제는 전쟁이 끝이 났으니, 징용 이자는 싹 씻은 듯 없어질 것. 마음 턱 놓고 두 발 쭉 뻗고 잠을 자도 좋았다.

이런 일을 생각하면 한 생원도 미상불 다행스럽지 아니한 것은 아니었다. 그러나 오직 그뿐이었다.

독립?

신통할 것이 없었다.

독립이 되기로서니, 가난뱅이 농투성이가 별안간 나리 주사 될 리 만무하였다. 가난뱅이 농투성이가 남의 세토(소작) 얻어 비지땀 흘려 가면서 1년 농사지어 절반도 넘는 도지(소작료) 물고 나머지로 굶으며 먹으며 연명이나 하여가기는 독립이 되거나 말거나 매양 일반일 터이었다.

공출이야 징용이야 하여서 살기가 더럭 어려워지기는 전쟁이 나면서부터였었다. 전쟁이 나기 전에는 1년 농사지어 작정한 도지 실수 않고 물면 모자라나따나 아무 시비와 성가심 없이 내 것 삼아 놓고 먹을 수가 있었다.

징용도 전쟁이 나기 전에는 없던 풍도였었다. 마음 놓고 일을 하였고 그것으로써 그만이었지, 달리는 근심 걱정될 것이 없었다.

전쟁 사품에 생겨난 공출이니 징용이니 하는 것이 전쟁이 끝이 남으로써 없어진 다음에야 독립이 되기 전 일본

정치 밑에서도 남의 세토 얻어 도지 물고 나머지나 천신하는 가난뱅이 농투성이에서 벗어날 것이 없을진대, 한갓 전쟁이 끝이 나서 공출과 징용이 없어진 것이 다행일 따름이지, 독립이 되었다고 만세를 부르며 날뛰고 할 흥이 한 생원으로는 나는 것이 없었다.

일인에게 빼앗겼던 나라를 도로 찾고, 그래서 우리도 다시 나라가 있게 되었다는 이 잔주도, 역시 한 생원에게는 시쁘둥한 것이었다. 한 생원은 나라를 도로 찾는다는 것은, 구한국 시절로 다시 돌아가는 것으로밖에는 달리는 생각할 수가 없었다.

한 생원네는 한 생원의 아버지의 부지런으로 장만한 열서 마지기와 일곱 마지기의 두 자리 논이 있었다. 선대의 유업도 아니요, 공문서(무등기) 땅을 거저주운 것도 아니요, 뻐젓이 값을 내고 산 것이었다. 하되 그 돈은 체계나 돈놀이로 모은 돈이 아니요, 품삯 받아 푼푼이 모으고 악의악식하면서 모은 돈이었다. 피와 땀이 어린 땅이었다.

그 피땀 어린 논 두 자리에서, 열서 마지기를 한 생원네는 산 지 겨우 5년 만에 고을 원(군수)에게 빼앗겨 버렸다. 지금으로부터 오십 년 전, 갑오 을미 병신 하는 병신년

한 생원의 나이 스물한 살 적이었다.

그 안해(지난해) 을미년 늦은 가을에 김 아무라는 원이 동학란에 도망 뺀 원 대신으로 새로이 도임을 해 와서 동학의 잔당을 비질하듯 잡아 죽였다.

피비린내 나는 살육이 이듬해 병신년 봄까지 계속되었고, 그리고 여름…… 인제는 다 지났거니 하여 겨우 안도를 한 참인데 한태수(한 생원의 아버지)가 원두막에서 동헌으로 붙잡혀 가 옥에 갇히었다. 혐의는 동학에 가담하였다는 것이었다.

한태수는 전혀 동학에 가담한 일이 없었다. 그의 말대로 하면, 동학 근처에도 가 보지 아니한 사람이었다.

옥에 가두어 놓고는 매일 끌어내다 실토를 하라고, 동류의 성명을 불라고 주리를 틀면서 문초를 하였다. 육십이 넘은 늙은 정강이가 살이 으깨어지고 뼈가 아스러졌다.

나중 가서야 어찌 될 값에 당장의 아픔을 견디다 못하여 동학에 가담하였노라고 자복을 하였다. 입에서 나오는 대로 아는 사람의 이름을 불렀다.

불린 일곱 사람이 잡혀 들어와 같은 문초를 받았다. 처음에는 늘 내뻗었으나 원체 아픔을 이기지 못하여 자복을 하였다.

남은 것은 처형을 하는 것뿐이었다.

하루는 이방이, 한태수의 아내와 아들(한 생원)을 조용히 불렀다.

이방은 모자더러, 좌우간 살려낼 도리를 하여야 않느냐고 하였다.

모자는 엎드려 빌면서, 제발 이방님 덕택에 목숨만 살려지이다고 하였다.

"꼭 한 가지 묘책이 있기는 있는데…… 그럼 내가 시키는 대로 할 테냐?"

"불속이라도 뛰어 들어가겠습니다."

"논문서를 가져오느라. 사또께다 바쳐라."

"논문서를요?"

"아까우냐?"

"……."

"가장이나 애비의 목숨보다 논이 더 소중하냐?"

"그 땅이 다른 땅과도 달라서……."

"정 그렇게 아깝거든 고만두는 것이고."

"논문서만 가져다 바치면 정녕 모면을 할까요?"

"아니 될 노릇을 시킬까?"

"그럼 이 길로 나가서 가지고 오겠습니다."

"밤에 조용히 내아(관사)로 오도록 하여라. 나도 와서 있

을 테니. 그리고 네 논이 두 자리가 있겠다?"

"네."

"열서 마지기와 일곱 마지기."

"네."

"그 열서 마지기를 가지고 오느라. "

"열서 마지기를요?"

"아까우냐?"

"……."

"아깝거들랑 고만두려무나."

"그걸 바치고 나면 소인네는 논 겨우 일곱 마지기를 가지고 수다한 권솔에 살아갈 방도가……."

"당장 가장이나 애비의 목숨은 어데로 갔던지?"

"……."

"땅이야 다시 장만도 할 수가 있는 것이 아니냐?"

모자는 서로 돌아보면서 말하였다.

"바칩시다. "

"바치자."

사흘 만에 한태수는 놓여나왔다. 다른 일곱 명도 이방이 각기 사이에 들어, 각기 얼마씩의 땅을 바치고 놓여나왔다.

그 뒤 경술년에 일본이 조선을 합방하여 나라는 망하였다.

사람들이 나라 망한 것을 원통히 여길 때 한 생원은

"그깐 놈의 나라, 시언히 잘 망했지."

하였다. 한 생원 같은 사람으로는 나라란 백성에게 고통이지 하나도 고마운 것이 아니었다. 또 꼭 있어야 할 요긴한 것도 아니었다.

그런 나라라는 것을 도로 찾았다고 하여 섬뻑 감격이 일지 아니한 것도 일변 의당한 노릇이라 할 것이었다.

논 스무 마지기에서 열서 마지기를 빼앗기고 나니, 원통한 것도 원통한 것이지만, 앞으로 일이 딱하였다. 논이나 겨우 일곱 마지기를 가지고는 어림도 없었다.

하릴없이 남의 세토를 얻어 그 보충을 하여야 하였다. 그러나 남의 세토는 도지를 물어야 하는 것이라, 힘은 내 논을 지을 때와 마찬가지로 들면서도 가을에 가서 차지를 하기는 절반이 못 되는 것이었었다. 그렇다고 남의 세토를 소작 아니 할 수는 없었다.

이리하여 한 생원네는 나라 명색이 망하지 않고 내 나라로 있을 적부터 가난한 소작농이었다.

경술년 나라가 망하고 삼십육 년 동안 일본의 다스림 밑에서도 같은 가난한 소작농이었다.

그리고 속담에, 남의 불에 게 잡기로, 남의 덕에 나라를 도로 찾기는 하였다지만 한국 말년의 나라꼴을 여겨 그 나라가 오죽할 리 없고, 여전히 남의 세토나 지어 먹는 가난한 소작농이기는 일반일 것이라고 한 생원은 생각하던 것이었었다.

일본이 항복을 하던 바로 전의 3, 4년에, 공출이야 징용이야 하면서 별안간 군색함과 불안이 생겼던 것이지, 그밖에는 나라가 망하여 없어지고서 일본의 속국 백성으로 사는 것이 경술년 이전 나라가 있어 가지고 조선 백성으로 살 적보다 별양 못할 것이 한 생원에게는 없었다. 여전히 남의 세토를 지어 절반 이상이나 도지를 물고 그 나머지를 천신하는 가난한 소작인이요, 순사나 일인이나 면서기들의 교만과 압박이 원이나 아전이나 토반들의 교만과 압박보다 못할 것도 없거니와 더할 것도 없었다.

독립이 된 이 앞으로도 그것이 천지개벽이 아닌 이상 가난한 농투성이가 느닷없이 부자 장자 될 이치가 없는 것이요, 원·아전·토반이나 일본 놈 대신에 만만하고 가난한 농투성이를 핍박하는 '권세 있는 양반들'이 생겨날 것이요 할 것이매, 빼앗겼던 나라를 도로 찾아 다시금 조선 백성이 되었다는 것이 조금도 신통하거나 반가울 것이 없었다.

원과 토반과 아전이 있어, 토색질이나 하고  붙잡아다 때리기나 하고 교만이나 피우고 하되 세미(납세)는 국가의 이름으로 꼬박꼬박 받아 가면서 백성은 죽어야 모른 체를 하고 하는 나라의 백성으로도 살아 보았다.

천하 오랑캐, 아비와 자식이 맞담배질을 하고, 남매간에 혼인을 하고, 뱀을 먹고 하는 왜인들이, 저희가 주인이랍시고서 교만을 부리고 순사와 헌병은 칼바람에 조선 사람을 개 돼지 대접을 하고, 공출을 내어라 징용을 나가거라 야미를 하지 마라 하면서 볶아 대고, 또 일본이 우리나라다, 나는 일본 백성이다, 이런 도무지 그럴 마음이 우러나지를 않는 억지 춘향이 노릇을 시키고 하는 백성으로도 살아 보았다.

결국 그러고 보니 나라라고 하는 것은 내 나라였건 남의 나라였건 있었댔자 백성에게 고통이나 주자는 것이지,

유익하고 고마울 것은 조금도 없는 물건이었다. 따라서 앞으로도 새 나라는 말고 더한 것이라도, 있어서 요긴할 것도, 없어서 아쉬울 일도 없을 것이었었다.

2

신해년······ 경술 합방 바로 이듬해였다. 한 생원 — 때의 젊은 한덕문 — 은 빼앗기고 남은 논 일곱 마지기를 불가불 팔아야 할 형편에 이르렀다.

7, 8명이나 되는 권솔인데 내 논 일곱 마지기에다 남의 논이나 몇 마지기를 소작하여 가지고는 여간한 규모와 악의악식이 아니고서는 도저히 현상 유지를 하기가 어려웠다.

한덕문은 그 부친과는 달라 살림 규모가 없었다. 사람이 좀 허황하고 헤픈 편이었다.

부친 한태수가 죽고, 대신 당가산(집안 재산을 맡아 관리함)을 한 지 불과 5, 6년에 한덕문은 힘에 넘치는 빚을 졌다.

이 빚은 단순히 살림에 보태느라고만 진 빚은 아니었다.

한덕문은 허황하고 헤픈 값을 하느라고 술과 노름을 쏠쏠히 좋아하였다.

1년 농사를 지어야 1년 가계가 번연히 모자라는데, 거기다 술을 먹고 노름을 하니, 늘어 가느니 빚밖에는 있을 것이 없었다.

빚은 갚아야 되었다.

팔 것이라고는 논 일곱 마지기 그것뿐이었다.

한덕문이 빚을 이리 틀어막고 저리 틀어막고, 오늘로 밀고 내일로 밀고 하여 오던 끝에, 마침내는 더 꼼짝을 할 도리가 없어 논을 팔기로 작정을 대었을 무렵에, 그러자 용말 사는 일인 요시카와가 요새로 바싹 땅을 많이 사들인다는 소문이 들렸다. 그리고 값으로 말하여도, 썩 좋은 상답이면 한 마지기(이백평)에 스무 냥으로 스물닷 냥(이십 냥 이상 이십오 냥, 4원 이상 5원)까지 내고, 아주 박토라도 열 냥(2원) 안짝은 없다고 하였다.

땅마지기나 가진 인근의 다른 농민들도 다들 그러하였지만, 한덕문은 그중에서도 귀가 반짝 뜨였다.

시세의 갑절이었다.

고래실논으로, 개똥배미 상지상답이라야 한 마지기에

열 냥으로 열두어 냥(2원, 2원 사오십 전)이요, 땅 나쁜 것
은 기지개 써야 닷 냥(1원)이었다.

'팔자!'
한덕문은 작정을 하였다.

일곱 마지기 논이 상지상답은 못
되어도 상답은 되니, 잘하면 열 냥(2원)은
받을 것. 열 냥이면 이칠십사 일백마흔 냥(이십팔 원).
빚이 이럭저럭 한 오십 냥(십 원) 되니, 그것을 갚고 나면
아흔 냥(십팔 원)이 남아. 아흔 냥을 가지고 도로 논을 장
만해. 판 일곱 마지기만 한 토리의 논을 사더라도 아홉
마지기를 살 수가 있어.

결국 논 한 번 팔고 사고 하는 노름에, 빚 오십 냥 거저
갚고도, 논은 두 마지기가 늘어 아홉 마지기가 생기는 판
이 아니냐.

이런 어수룩한 노름을 아니 하잘 며리(까닭, 필요)가 없는
것이었었다.

양친은 이미 다 없는 때요, 한덕문 그가 대주(호주)였으므
로 혼자서 일을 결단하여도 간섭을 받을 일은 없었다.

곡우 머리의 어느 날 한덕문은 맨발 짚신 풀 상투에 삿갓

쓰고 곰방대 물고, 마을에서 십 리 상거의 용말 출입을
나갔다. 일인 요시카와가 적실히 그렇게 후한 값으로 논
을 사는지 진가를 알아보자 함이었다.

금강 어귀의 항구 군산에서 시작되어, 동북 간방으로 임
피읍을 지나 용말로 나온 한길이, 용말 동쪽 변두리에서
솜리로 가는 길과 황등 장터로 가는 길의 두 갈래길로 갈
리는, 그 샅에가 전주집이라는 주모가 업을 하고 있는 주
막이 오도카니 홀로 놓여 있었다.

한덕문은 전주집과는 생소치 아니한 사이였다.

마당이자 바로 한길인, 그 마당 앞에 섰는 한 그루의 실
버들이 한창 푸르른 전주집네 주막, 살진 봄볕이 드리운
마루에 나란히 걸터앉아 세상 물정 이야기, 피차간 살아
가는 이야기, 훨씬 한담을 하던 끝에 한덕문이 지날말처
럼 넌지시 물었다.

"참, 저, 일인 요시카와가 요새 땅을 많이 산다가?"

"많은 게 아니라, 그 녀석이 아마 이 근처 일판을, 땅이
라구 생긴 건 깡그리 쓸어 사자는 배폰가 봅디다!"

"헷소문은 아니루구먼?"

"달리 큰 배포가 있던지, 그렇잖으면 그 녀석이 상성(발

광)을 했던지."

"……"

"한 서방 으런두 속내 아는 배, 이 근처 논이 물 걱정 가
뭄 걱정 없구, 한 마지기에 넉 섬은 먹는 논이라야 열 냥
(2원)이 상값 아니우? 그런 걸 글쎄, 녀석은 스무 냥 스물
댓 냥을 퍼 주구 사는구랴. 제마석(2두락에 1석)두 못 먹
는 자갈 바탕의 박토라두 논 명색이면 열 냥 안짝 잽히는
건 없구."

"허긴 값이나 그렇게 월등히 많이 내야 일인한테 논을
팔지, 그렇잖구서야 누가."

"제엔장, 나두 진작에 논이나 시늉만 생긴 거라두 몇 섬
지기 장만해 두었드라면, 이런 판에 큰 횡잴 했지."

"그래, 많이들 와 파나?"

"대가릴 싸구 덤벼든답디다. 한 서방 으런두 좀 파시구
랴? 이런 때 안 팔구, 언제 팔우?"

"팔 논이 있나!"

이유와 조건의 어떠함을 물론하고 농민이 논을 판다는
것은 남의 앞에 심히 떳떳스럽지 못한 일이었다. 번연히
내일모레면 다 알게 될 값이라도 되도록 그런 기색을 숨

기려고 드는 것이 통정이었다.

뚜벅뚜벅 말굽 소리가 나더니 말 탄 요시카와가 주막 앞을 지난다. 언제나 그러하듯이, 깜장 됫박 모자(중산모자)에, 깜장 복장(쓰메에리)을 입고, 깜장 목 깊은 구두를 신고 허리에는 육혈포를 차고 하였다.

한덕문은 길에서 몇 차례 본 적이 있어 그가 요시카와인 줄을 안다.

"어디 갔다 와요?"

전주집이 웃으면서 알은체를 하는 것을, 요시카와는 웃지도 않으면서

"응, 조 — 기. 우리, 나쁜 사레미 자바리 갔소 왔소."

요시카와의 차인꾼이요 통역꾼이요 한 백남술이가 밧줄로 결박을 지은 촌 젊은 사람 하나를 앞참 세우고 뒤미처 나타났다.

죄수(?)는 상투가 풀어지고, 발기발기 찢긴 옷과 면싱으로 피가 묻고 한 것으로 보아, 한바탕 늘씬 두들겨 맞은 것이 역력하였다.

"어디 갔다 오시우?"

전주집이 이번에는 백남술더러 인사로 묻는다.

백남술은 분연히

"남의 돈 집어먹구 도망 댕기는 놈은 죽어 싸지."

하면서 죄수에게 잔뜩 눈을 흘긴다.

그러고 나서 전주집더러

"댕겨오께시니, 닭이나 한 마리 잡구 해 놓게나. 놈을 붙잡느라구 한 승강 했더니 목이 컬컬허이."

그느라고 잠깐 한눈을 파는 순간이었다. 죄수가 밧줄 한끝 붙잡힌 것을 홱 뿌리치면서 몸을 날려 쏜살같이 오던 길로 내뺀다.

"엇!"

백남술이 병신처럼 놀라다 이내 죄수의 뒤를 쫓는다.

요시카와가 탄 말이 두 앞발을 번쩍 들어 머리를 돌리면서 땅을 차고 달린다. 그러면서 요시카와의 손에서 육혈포가 땅! 풀씬 연기가 나면서 재우쳐 땅!

죄수는 그러나 첫 한 방에 그대로 길바닥에 가 동그라진다. 같은 순간 버선발로 뛰어 내려간 전주집이 에구머니 비명을 지른다.

죄수는 백남술에게 박승 한끝을 다시 붙잡히어 일어난다. 요시카와는 피스톨 사격의 명인은 아니었다. 그보다도 엄포의 사격이었기가 쉬웠을 것이다.

일인에게 빚을 쓰는 것을 왜채라고 하고, 이 젊은 친구는 왜채를 쓰고서 갚지 아니하고 몸을 피해 다니다가 붙잡힌 사람이었다.

요시카와는 백남술이가

'이 사람은 논이 몇 마지기가 있소.'

하고 조사 보고를 하면 서슴지 아니하고 왜채를 주곤 한다. 이자도 항용 체계나 장변보다 헐하였다.

빚을 주는 데는 무른 것 같아도 받는 데는 무서웠다.

기한이 지나기를 기다려 채무자를 제 집으로 데려다 감금을 하고 사형으로써 빚 채근을 하였다.

부형이나 처자가 돈을 가지고 와서 빚을 갚는 날까지 감금과 사형을 늦추지 아니하였다.

논문서를 가지고 오는 자리는 '우대'를 하였다. 이자를 탕감하고 본전만 쳐서 논으로 받는 것이었다. 논이 있는 사람은 돈을 두어 두고도 즐거이 논으로 갚고 하였다.

한덕문은 다시 끌려가고 있는 죄수의 뒷모양을 우두커니 바라다보면서

'제엔장, 양반 호랑이도 지질한데 우환 중에 왜놈 호랑

이까지 들어와서 이 등쌀이니 갈수록 죽어나는 건 만만
한 백성뿐이로구나.'

'쯧, 번연히 알면서 왜채를 쓰는 사람이 잘못이지 누구
를 원망하나.'

"참새가 방앗간을 거저 지날까. 이왕 외상술이라도 한잔
먹고 일어설까, 어떡헐까?"

이런 생각을 하고 앉았는 차에, 생각잖이 외가 편으로 아
저씨뻘 되는 윤 첨지가 퍼뜩 거기에 당도하였다. 윤 첨지
는 황등 장터에서 제 논 섬지기나 지니고 탁신히 사는 농
민이었다.

아저씨 웬일이시냐고, 조카 잘 있었더냐고, 항용 하는 인
사가 끝난 후에 이 동네 사는 요시카와라는 일인이 값을
후히 내고 땅을 사들인다는 소문이 있으니 적실하냐고
아까 한덕문이 전주집더러 묻던 말을 윤 첨지가 한덕문
더러 물었다.

그렇단다는 한덕문의 대답에, 윤 첨지는 이윽고 생각을
하고 있더니 혼잣말같이

"그럼 나두 이왕 궐한테다 팔아야 하겠군."

하다가 한덕문더러

"황등까지 가서두 살까? 예서 이십 리나 되는데."

하고 묻는다.

"글쎄요……. 건데 논은 어째 파실 영으루?"

"허, 그거 온 참…… 저어 공주 한밭서 무안 목포루 철로가 새루 나는데, 그것이 계룡산 앞을 지나 연산·팥거리루 해서 논메·강경으루 나와 가지구 황등 장터를 지나게 된다네그려."

"그런데요?"

"그런데 철로가 난다 치면 그 십 리 안짝은 논을 죄 버리게 된다는 거야."

"어째서요?"

"차가 댕기는 바람에 땅이 울려 가지구 모를 심어두 뿌릴 제대루 잡지 못하구 해서, 벼가 자라질 못한다네그려!"

"무슨 그럴 리가……."

"건 조카가 속을 몰라 하는 소리지. 속을 몰라 하는 소린 것이, 나두 작년 정월에 공주 한밭엘 갔다 그놈 차가 철로 위루 달리는 걸 구경했지만, 아 그 쇳덩이루 만든 집채 더미 같은 시꺼먼 수레가 찻길 위루 벼락 치듯 달리는

데 땅바닥이 사뭇 움죽움죽하
드라니깐! 여승 지동이야…….

그러니 땅이 그렇게 지동하듯 사철들이 울리니, 근처 논
의 모가 뿌리를 잡을 것이며 자라기를 할 것인가?"

"……."

듣고 보니 미상불 근리한 말이었다.

"몰랐으면이거니와 알구두 그대루 있겠던가? 그래 좀
덜 받더래두 팔아넘길 영으루 하구 있는데, 소문을 들으
니 요시카와라는 손이 요새 값을 시세보담 갑절씩이나
내구 논을 산다데그려. 정녕 그렇다면 철로 쪼간(이유, 근
거)이 아니라두 팔아 가지구 딴 데루 가서 판 논 갑절 되
는 논을 장만함 직두 한 노릇인데, 항차…….

"철로가 그렇게 난다는 건 아주 적실한가요?"

"말끔 다 칙량을 하구, 말뚝을 박아 놓구 한걸……. 황등
장터 그 일판은 그래, 논들을 못 팔아 난리가 났다니까."

3

일인 요시카와에게 일곱 마지기 논을 일백마흔 냥(이십팔

원)에 판 것과, 그중 쉰 냥(십 원)은 빚을 갚은 것, 이것까지는 한덕문의 예산대로 되었었다.

그러나 나머지 아흔 냥(십팔 원)으로 판 논 일곱 마지기보다 토리가 못하지 아니한 논으로 두 마지기가 더한 아홉 마지기를 사므로써 빚 쉰 냥은 공으로 갚고, 그러고도 논이 두 마지기가 붙게  된다던 것은 완전히 허사가 되고 말았다.

아무도 한덕문에게 상답 한 마지기를 열 냥씩에 팔려는 사람은 없었다. 이왕 일인 요시카와에게 팔면 그 갑절 스무 냥씩을 받는 고로 말이었다.

필경 돈 아흔 냥은 한덕문의 수중에서 한 반년 동안 구르는 동안 스실사실 다 없어지고 말았다.

이리하여 한덕문은 논 일곱 마지기로 겨우 빚 쉰 냥을 갚고는 아무것도 남은 것이 없이 손 싹싹 털고 나선 셈이었다.

친구가 있어 한덕문을 책하면서 물었다.

"어떡허자구 논을 판단 말인가?"

"인제 두구 보게나."

"무얼 두구 보아?"

"일인들이 다 쫓겨 가면, 그 땅 도로 내 것 되지 갈 데 있던가?"

"쫓겨 갈 놈이 논을 사겠나?"

"저이놈들이 천지 운수를 안다든가?"

"자네는 아나?"

"두구 보래두 그래."

한덕문은 혼자 속으로는 아뿔싸, 논이라야 단지 그것뿐인 것을 팔고서 인제는 송곳 꽂을 땅도 없으니 이 노릇을 어찌한단 말이냐고 심히 후회하여 마지아니하였다.

그러면서도 남더러는 그렇게 배포 있이 장담을 탕탕 하였다.

한덕문은 장차에 일인들이 쫓기어 가리라는 것을 확언할 아무런 근거도 가진 것이 없었다. 따라서 자신도 없었다. 오직 그는 논을 판 명예롭지 못함과 어리석음을 싸기 위하여 그런 희떠운 소리를 한 것일 따름이었다.

한덕문이, 일인들이 다 쫓기어 가면 그 논이 도로 제 것이 될 터이라서 논을 팔았다고 한다더라, 이 소문이 한 입 두 입 퍼지자 듣는 사람마다 그의 희떠움을 혹은 실없음을 웃었다.

하는 양을 보느라고 위정(일부러)

"자네 논 팔았다면서?"

한다 치면

"팔았지."

"어째서?"

"돈이 좀 아쉬워서."

"돈이 아쉽다구 논을 팔구서 어떡허자구?"

"일인들이 다 쫓겨 가면 그 논 도루 내 것 되지 갈 데 있

나?"

"일인들이 쫓겨 간다든가?"

"그럼 백 년 살까?"

또 누구는 수작을 바꾸어

"일인들이 쫓겨 간다지?"

한다 치면

"그럼!"

"언제쯤 쫓겨 가는구?"

"건 쫓겨 가는 때 보아야 알지."

"에구 요 맹추야, 요 허풍선이야, 우리나라 상강님을 쫓

어내구 저이가 왕 노릇을 하는데 쫓겨 가?"

"자넨 그럼 일인들이 안 쫓겨 가구 영영 그대루 있으면 좋을 건 무언가?"

"좋기루 할 말이야 일러 무얼 하겠냐만, 우리 좋구푼 대루 세상 일이 돼 준다던가?"

"그래두 인제 내 말을 이를 때가 오너니."

"괜히 논 팔구섬 할 말 없거들랑 국으루 잠자꾸 가만히 나 있어요."

"체에, 내 논 내가 팔아먹는데 죄 될 일 있니?"

"걸 누가 죄라니?"

"요시카와한테 논 팔아먹은 놈이 한덕문이 하나뿐인감?"

"누가 논 판 걸 나무래? 희떤 장담을 하니깐 그러는 거지."

"희떤 장담인지 아닌지 두구 보잔 말이야."

이로부터 한덕문은 그 말로 인하여 마을과 인근에서 아주 호가 났고, 어느 겨를인지 그것이 한 속담까지 되었다.

가령 어떤 엉뚱한 계획을 세운다든지 허랑한 일을 시작하여 놓고서는 천연스럽게 성공을 자신한다든지, 결과

를 기다린다든지 하는 사람이 있다 치면,

"흥, 한덕문이 요시카와에게다 논 팔아먹던 대 났구나."

하고 비웃곤 하는 것이었었다.

그 후, 그 속담은 삼십오 년을 두고 전하여 내려왔다. 전하여 내려올 뿐만이 아니었다. 일본 제국주의의 조선에 있어서의 지반이 해가 갈수록 완구한 것이 되어 감을 따라, 더욱이 만주 사변 때부터 시작하여 중일 전쟁을 거쳐 태평양 전쟁으로 일이 거창하게 벌어진 결과, 전쟁 수단으로서 조선의 가치는 안으로 밖으로, 적극적으로 소극적으로 나날이 더 커 감을 좇아 일본이 조선에다 박은 뿌리는 더욱 깊이 뻗어 들어가고 가지와 잎은 더욱 무성하여서, 일본이 조선으로부터 물러간다는 것은 독립과 한가지로 나날이 더 잠꼬대 같은 생각이던 것처럼 되어 버려 감을 따라, 그래서 한덕문의 장담하던 '일인들이 다 쫓겨 가면……'이 말이 해가 가고 날이 감수록 속절없이 무색하여 감을 따라, 그와 반비례하여 그 말의 속담으로서의 가치와 효과만이 멸하지 않고 찬란히 빛을 내었다.

바로 8월 14일까지도 그러하였다. 8월 14일까지도

'흥, 한덕문이 요시카와한테 논 팔아먹던 대 났구나.'

는 당당히 행세를 하였었다.

그랬던 것이, 8월 15일에 일본이 항복을 하고, 조선은 독립(실상은 우선 해방)이 되고 하였다. 그리고 며칠 아니 하여 '일인들이 토지와 그 밖 온갖 재산을 죄다 그대로 내어 놓고 보따리 하나에 몸만 쫓기어 가게 되었다'는 데까지 이르렀다.

한 생원의

'일인들이 다 쫓겨 가면……'

은 이리하여 부득불 빛이 화안하여 지고 반대로

'한덕문이 요시카와한테 논 팔아먹던 대 났구나.'

는 그만 얼굴이 벌게서 납작하고 말 수밖에 없었다.

4

"여보슈 송 생원?"

한 생원이 허연 탑삭부리에 묻힌 쪼글쪼글한 얼굴이 위아래 다섯 대밖에 안 남은 누런 이빨과 함께 흐물흐물 자꾸만 웃어지는 웃음을 언제까지고 거두지 못하면서, 그러다 별안간 송 생원의 팔을 잡아 흔들면서 아주 긴하게

"우리 독립 만세 한번 부르실까?"

"남 다아 부르고 난 댐에 건 불러 무얼 허우?"

송 생원은 한 생원과 달라 요시카와한테 팔아먹은 논도 없으려니와, 따라서 일인들이 쫓기어 가더라도 도로 찾을 논도 없었다.

"송 생원, 접때 마을에서 만세를 부를 제 나가 부르셨던가?"

"난 그날 허리가 아파 꼼짝 못하구 누웠었는걸."

"나두 그날 고만 못 불렀어."

"아따 못 불렀으면 못 불렀지, 늙은 것들이 만세 좀 아니 불렀기루 귀양살이 보내겠수?"

"난 그래두 좀 섭섭해 그랬지요……. 그럼 송 생원 우리 술 한잔 자실까?"

"술이나 한잔 사 주신다면."

"주막으루 나갑시다."

두 늙은이가 지팡이를 짚고 마을에 단 한 집밖에 없는 주막으로 나갔다.

"에구머니, 독립두 되구 볼 거야. 영감님들이 술을 다 자시러 오시구."

이십 년이나 여기서 주막을 하느라고 인제는 중늙은이가 된 주모 판쇠네가 손님을 환영이라기보다 다뿍 걱정스러워한다.

"미리서 외상인 줄이나 알구, 술 좀 주게나."

한 생원이 그러면서 술청으로 들어가 앉는 것을, 송 생원도 따라 들어가 앉으면서 주모더러,

"외상 두둑이 드리게. 수가 나섰다네."

"독립되는 운덤에 어느 고을 원님이나 한자리해 가시는감?"

"원님을 걸 누가 성가시게, 흐흐……."

한 생원은 그러다 다시,

"거, 안주가 무어 좀 있나?"

"안주두 벤벤찮구 술두 먹걸린 없구 소주뿐인걸, 노인네들이 소주 잡숫구 어떡허시게."

"아따 오줌은 우리가 아니 싸리."

젊었을 적에는 동이 술을 사양치 아니하던 영감들이었다. 그러나 둘이가 다 내일모레가 칠십. 더구나 자주자주는 술을 입에 대지 않던 차에, 싱겁다고는 하지만 소주를 7, 8잔씩이나 하였으니 과음일 수밖에 없었다.

송 생원은 그대로 술청에 쓰러져 과연 소변을 지리기까지 하였다.

한 생원은 송 생원보다는 아직 기운이 조금은 좋은 덕에 정신을 놓거나 몸을 가누지 못할 지경은 아니었다.

"우리 논을 좀 보러 가야지, 우리 논을. 서른다섯 해 만에, 우리 논을 보러 간단 말이야, 흐흐흐."

비틀거리면서 한 생원은 술청으로부터 나온다.

주모 판쇠네가 성화가 나서,

"방으루 들어가 누셨다, 술 깨신 댐에 가세요. 노인네들 술 드렸다구 날 또 욕허게 됐구먼."

"논 보러 가, 논. 요시카와에게다 판 우리 논. 흐흐흐 서른다섯 해 만에 도루 찾은, 우리 일곱 마지기 논, 흐흐흐."

"글쎄 논은 이댐에 보러 가시면 어디루 가요?"

"날, 희떤 소리 한다구들 웃었지. 미친놈이라구 웃었지, 들. 흐흐. 서른다섯 해 만에 내 말이 들어맞을 줄을 누가 알었어? 흐흐흐."

말은 혀 꼬부라진 소리로, 몸은 위태로이 비틀거리면서 한 생원은 지팡이를 휘젓고 밖으로 나간다. 나가다 동네 젊은 사람과 마주쳤다.

"아, 한 생원 웬일이세요?"

"논 보러 간다, 논. 흐흐흐. 너두 이 녀석, 한덕문이 요시카와한테 논 팔아먹던 대 났구나, 그런 소리 더러 했었지? 인제두 그런 소리가 나오까?"

"취하셨군요."

"나, 외상술 먹었지. 논 찾았은깐 또 팔아서 술값 갚으면 고만이지. 그럼 서른다섯 해 만에 또 내 것 되겠지, 흐흐흐. 그렇지만 인전 안 팔지, 안 팔아. 우리 용길이 놈 물려줘야지, 우리 용길이 놈."

"참, 용길이 요새 있죠?"

"있지. 요시카와한테 팔아먹었을까?"

"저, 읍내 사는 영남이가 산판 하날 사서 벌목을 하는데, 이 동네 사람들더러 와 남구(나무) 비어 주구, 그 대신 우죽 가져가라구 하니, 용길이두 며칠 보내서 땔나무나 좀 장만하시죠."

"걸 누가…… 논을 도루 찾았는데."

"논만 찾으면 땔나문 없어두 사시나요?"

"논두 없어두 서른다섯 해나 살지 않었느냐?"

"허허 참. 그러지 마시구 며칠 보내세요. 어서서 다 비어
버려야 할 텐데 도무지 사람을 못 구해 그러니, 절더러
부디 그럭허두룩 서둘러 달라구, 영남이가 여간만 부탁
을 해싸야죠. 아, 바루 동네서 가찹겠다. 져 나르기 수얼
하구…… 요 위 가잿골 있는 요시카와농장 멧갓이래요."

"무어?"

한 생원은 별안간 정신이 번쩍 나면서 대든다.

"가잿골 있는 요시카와 농장 멧갓이라구?"

"네."

"네라니? 그 멧갓이…… 가마안 있자. 아니, 그 멧갓이
뉘 멧갓이길래?"

"요시카와농장 멧갓 아녜요? 걸 영남이가 일인들이 이
번에 거들이 나는 바람에 농장 산림 감독하던
강 서방한테 샀대요."

"하, 이런 도적놈들. 이런 천하 불한당 놈들.
그래, 지끔두 벌목을 하구 있더냐?"

"오늘버틈 시작했다나 봐요."

"하, 이런 천하 날불한당 놈들이."

한 생원은 천방지축으로 가잿골을 향하여 비틀

걸음을 친다.

솔은 잘 자라지 않고, 개간하여 밭을 만들자 하니 힘이 부치고 하여, 이름만 멧갓이지 있으나마나 한 멧갓 한 자리가 있었다. 한 삼천평 될까 말까, 그다지 크지도 못한 것이었다.

이 멧갓을 한 생원은 요시카와에게다 논을 팔던 이듬해 지 그 이듬해지, 돈은 아쉽고 한 판에 또한 어수룩이 비싼 값으로 팔아넘겼었다.

요시카와는 그 멧갓에다 낙엽송을 심어, 삼십여 년이 지난 지금 와서는 아주 한다 하는 산림이 되었다.

늙은이의 총기요, 논을 도로 찾게 되었다는 것에만 정신이 팔려, 깜빡 멧갓 생각은 미처 아직 못하였던 모양이었다.

마침 전신줏감의 쪽쪽 곧은 낙엽송이 총총들이 섰다. 베기에 아까워 보이는 나무였다.

한 서넛이 나가 한편에서부터 깡그리 베어 눕히고, 일변 우죽을 치고 한다.

"이놈, 이 불한당 놈들. 이 멧갓 벌목한다는 놈이 어떤 놈이냐?"

비틀거리면서 고함을 치고 쫓아오는 한 생원을, 사람들은
영문을 몰라 일하던 손을 멈추고 뻔히 바라다보고 섰다.

"이놈 너루구나?"

한 생원은 영남이라는 읍내 사람 벌목 주인 앞으로 달려
들면서 한 대 갈길 듯이 지팡이를 둘러멘다.

명색이 읍내 사람이라서, 촌 농투성이에게 무단히 해거를
당하면서 공수하거나 늙은이 대접을 하려고는 않는다.

"아니, 이 늙은이가 환장을 했나? 왜 그러는 거야, 왜."

"이놈, 네가 왜 이 멧갓을 손을 대느냐?"

"무슨 상관여?"

"어쩨 이놈아 상관이 없느냐?"

"뉘 멧갓이길래?"

"내 멧갓이다. 한덕문이 멧갓이다, 이놈아."

"허허, 내 별꼴 다 보니. 괜시리 술잔 들이질
렀거들랑 고히 삭히진 아녀구서, 나이깨 먹
은 것이 왜 남 일하는 데 와서 이 행악야 행악이. 늙은인
다리뼉다구 부러지지 말란 법 있나?"

"오냐! 이놈, 날 죽여라. 너구 나구 죽자."

"대체 내력을 말을 해요. 무엇 때문에 이 야론지 내력을
말을 해요."

"이 멧갓이 그새까진 요시카와 것이라두, 조선이 독립됐
은깐 인전 내 것이란 말이야, 이놈아."

"조선이 독립이 됐는데 어쩨 요시카와 멧갓이 한덕문이
것이 되는구?"

"요시카와는, 일인들은, 땅을 죄다 내놓구 간깐 그전 임자가 도루 차지하는 게 옳지 무슨 말이냐?"

"오오, 이녁이 이 멧갓을 전에 요시카와한테다 팔았다?"

"그래서."

"그랬으니깐, 일인들이 땅을 다 내놓구 가니깐, 이녁은 팔았던 땅을 공짜루 도루 차지하겠다?"

"그래서."

"그 개 뭣 같은 소리 인전 엔간치 해 두구 어서 없어져 버려요. 난 뻐젓이 요시카와 농장 산림 관리인 강태식이한테 시퍼런 돈 이천환 주구서 계약서 받구 샀어요. 강태식인 요시카와가 해 준 위임장 가지구 팔구. 돈 내구 산 사람이 임자지, 저 옛날 돈 받구 팔아먹은 사람이 임잘까?"

8·15 직후 낡은 법이 없어지고 새로운 영이 서기 전 혼란한 틈을 타서, 잇속에 눈이 밝은 무리들이 일본인 농장이나 회사의 관리자와 부동이 되어 가지고, 일인의 재산을 부당 처분하여 배를 불린 일이 허다하였다. 이 산판 사건도 그런 것의 하나였다.

5

그 뒤 훨씬 지나서.

일인의 재산을 조선 사람에게 판다, 이런 소문이 들렸다.

사실이라고 한다면 한 생원은 그 논 일곱 마지기를 돈을 내고 사지 않고서는 도로 차지할 수가 없을 판이었다. 물론 한 생원에게는 그런 재력이 없거니와, 도대체 전의 임자가 있는데 그것을 아무나에게 판다는 것이 한 생원으로 보기에는 불합리한 처사였다.

한 생원은 분이 나서 두 주먹을 쥐고 구장에게로 쫓아갔다.

"그래 일인들이 죄다 내놓구 가는 것을 백성들더러 돈을 내구 사라구 마련을 했다면서?"

"아직 자세힌 모르겠두 아마 그렇게 되기가 쉬우리라구들 하드군요."

해방 후에 새로 난 구장의 대답이었다.

"그런 놈의 법이 어딨단 말인가? 그래, 누가 그렇게 마련을 했는구?"

"나라에서 그랬을 테죠."

"나라."

"우리 조선 나라요."

"나라가 다 무어 말라비틀어진 거야? 나라 명색이 내게 무얼 해 준게 있길래, 이번엔 일인이 내놓구 가는 내 땅을 저이가 팔아먹으려구 들어? 그게 나라야?"

"일인의 재산이 우리 조선 나라 재산이 되는 거야 당연한 일이죠."

"당연?"

"그렇죠."

"흥, 가만둬 두면 저절루 백성의 것이 될 걸, 나라 명색은 가만히 앉었다 어디서 툭 튀어나와 가지구 걸 뺏어서 팔아먹어? 그따위 행사가 어딨다든가?"

"한 생원은 그 논이랑 멧갓이랑 요시카와한테 돈을 받구 파셨으니깐 임자로 말하면 요시카와지 한 생원인가요?"

"암만 팔았어두, 요시카와가 내놓구 쫓겨 갔은깐 도루 내 것이 돼야 옳지, 무슨 말이야. 걸 무슨 탁에 나라가 뺏을 영으루 들어?"

"한 생원한테 뺏는 게 아니라 요시카와한테 뺏는 거랍니다."

"흥, 둘러다 대긴 잘들 허이. 공동묘지 가 보게나. 핑계 없는 무덤 있던가? 저, 병신년에 원놈(군수) 김가가 우리 논 열두 마지기 뺏을 제두 핑곈 다 있었드라네. "

"좌우간, 아직 그렇게 지레 염렬 하실 게 아니라, 기대리구 있노라면 나라에서 다 억울치 않두룩 처단을 하겠죠."

"일없네. 난 오늘버틈 도루 나라 없는 백성이네. 제길 삼십육 년두 나라 없이 살아왔을려드냐. 아니 글쎄, 나라가 있으면 백성한테 무얼 좀 고마운 노릇을 해 주어야 백성두 나라를 믿구 나라에다 마음을 붙이구 살지. 독립이 됐다면서 고작 그래, 백성이 차지할 땅 뺏어서 팔아먹는 게 나라 명색이야?"

그러고는 털고 일어나면서 혼잣말로,

"독립됐다구 했을 제 내 만세 안 부르기 잘했지."

③ 치숙

치숙

우리 아저씨 말이지요? 아따 저 거시기,
한참 당년에 무엇이냐 그놈의 것, 사회
주의라더냐 막덕이라더냐, 그걸 하다
징역 살고 나와서 폐병으로 시방 앓고
누웠는 우리 오촌 고모부 그 양반……

뭐, 말도 마시오. 대체 사람이 어쩌면 글쎄…… 내 원!
신세 간데없지요.

자, 십 년 적공(많은 공을 들임), 대학교까지 공부한 것 풀
어먹지도 못했지요, 좋은 청춘 어영부영 다 보냈지요, 신
분에는 전과자라는 붉은 도장 찍혔지요, 몸에는 몹쓸 병
까지 들었지요.

이 신세를 해 가지골랑은 굴속 같은 오두막집 단칸 셋방 구석에서 사시장철 밤이나 낮이나 눈 따악 감고 드러누 웠군요.

재산이 어디 집 터전인들 있을 턱이 있나요. 서발막대 내저어야 짚 검불 하나 걸리는 것 없는 철빈(더할 수 없이 가난함)인데.

우리 아주머니가, 그래도 그 아주머니가, 어질고 얌전해서 그 알량한 남편 양반 받드느라 삯바느질이야 남의 집 품빨래야 화장품 장사야, 그 칙살스런 벌이를 해다가 겨우겨우 목구멍에 풀칠을 하지요.

어디로 대나 그 양반은 죽는 게 두루 좋은 일인데 죽지도 아니해요.

우리 아주머니가 불쌍해요. 아, 진작 한 나이라도 젊어서 팔자를 고치는 게 아니라, 무슨 놈의 수난 후분(나이가 늙은 후의 분수)을 바라고 있다가 끝끝내 고생을 하는지.

근 이십 년 소박을 당했지요.

이십 년을 설운 청춘 한숨으로 보내고서 다 늦게야 송장 여대치게 생긴 그 양반을 그래도 남편이라고 모셔다가는 병 수발 들랴, 먹고살랴, 애가 진하고 다니는 걸 보면 참

말 가엾어요.

그게 무슨 죄다짐이람? 팔자 팔자 하지만 왜 팔자를 고치지를 못하고서 그래요. 우리 죠선(朝鮮) 구식 부인들은 다 문명을 못하고 깨지를 못해서 그러지.

그 양반이 한시바삐 죽기나 했으면 우리 아주머니는 차라리 신세 편하리다.

심덕 좋겠다, 솜씨 얌전하겠다 하니, 어디 가선들 제가 일신 못 가누고 편안히 못 지내요?

가만있자, 열여섯 살에 아저씨네 집으로 시집을 갔다닌깐, 그게 내가 세 살 적이니 꼬박 열여덟 해로군. 열여덟 해면 이십 년 아니오.

그때 우리 아저씨 양반은 나이 어리기도 했지만, 공부를 한답시고 서울로 동경으로 십여 년이나 돌아다녔고, 조금 자라서 색시 재미를 알 만하니깐는 누가 예쁘달까 봐 이혼하자고 아주머니를 친정으로 쫓고는 통히(도무지) 불고를 하고…….

공부를 다 마치고 오더니만, 그담에는 그놈의 짓에 들입다 발광해 다니면서 명색 학생 출신이라는 딴 여편네를 얻어 살았지요. 그 여편네는 나도 몇 번 보았지만 상판대기라고 별반 출 수도 없이 생겼습디다. 그 인물로 남의 첩이야? 일색 소박은 있어도 박색 소박은 없다더니, 사실 소박맞은 우리 아주머니가 그 여편네게다 대면 월등 예뻤다우.

그래 그 뒤에, 그 양반은 필경 붙들려 가서 5년이나 전중이(징역 사는 사람, 기결수)를 살았지요. 그동안에 아주머니는 시집이고 친정이고 모두 폭 망해서 의지가지없이 됐지요.

그러니 어떻게 해요? 자칫하면 굶어 죽을 판인데.

할 수 없이 얻어먹고 살기도 해야 하려니와, 또 아저씨 나오는 것도 기다려야 한다고 나를 반연(무엇에 이르기 위한 연줄로 삼음) 삼아 서울로 올라왔더군요. 그게 그러니까 아저씨가 나오던 그 전 해로군.

그때 내가 나이는 어려도 두루 날뛴 보람이 있어서 이내 구라다 상네 식모로 들어갔지요.

그 무렵에 참 내가 아주머니더러 여러 번 권면을 했지요. 그러지 말고 개가를 하라고. 글쎄 어린 소견에도 보기에 퍽 딱하고 민망합디다.

계제에 마침 또 좋은 자리가 있었고요. 미네 상이라고 미쓰코시 앞에서 바나나 다다키우리(투매, 덤핑)를 하는 인데 사람이 퍽 좋아요.

우리 집 다이쇼(주인)도 잘 알고 하는데, 그이가 늘 나더러 죄선 오캄 상(가게 여주인을 홀하게 부르는 말)하고 살았으면 좋겠다고, 중매 서 달라고 그래 쌓어요.

돈은 모아 둔 게 없어도 다 벌어먹고 살 만하니까, 그런 사람 만나서 살면 아주머니도 신세 편할 게 아니냐구요.

그런 걸 글쎄, 몇 번 말해도 흉한 소리 말라고 듣질 않는 걸 어떡하나요.

아무튼 그런 것 말고라도 참, 흰말(터무니없니 자랑으로 떠벌리는 말. 흰소리)이 아니라 이날 입때까지 내가 그 아주머니 뒤도 많이 보아 주었다우. 또 나도 그럴 만한 은공이 없잖아 있구요.

내가 일곱 살에 부모를 잃었지요.
그러고 나서 의탁할 곳이 없이 됐는데, 그때 마침 소박을 맞고 친정살이를 하는 그 아주머니가 나를 데려다가 길러 주었지요.

그때만 해도 그 집이 그다지 군색하게 지내진 않았으니

까요. 아주머니도 아주머니지만 종조할머니며 할아버지도 슬하에 딴 자손이 없어서 나를 퍽 귀애하겠지요.

열두 살까지 그 집에서 자랐군요.

4년이나마 보통학교도 다녔고.

아마 모르면 몰라도 그 집안에 그렇게 치패(살림이 결딴남)하지만 않았으면 나도 그냥 붙어 있어서 시방쯤은 전문학교까지는 다녔으리다.

이런 은공이 있으니까 나도 그걸 저버리지 않고, 그래서 내 깜냥에는 갚을 만치 갚노라고 갚은 셈이지요.

하기야 요새도 간혹 아주머니가 찾아와서 양식 없다는 사정을 더러 하곤 하는데, 실토정(사정이나 심정을 사실대로 밝힘) 말이지 좀 성가시기는 해요.

그러는 족족 그 수응을 하자면 내 일을 못하겠는걸. 그래 대개 잘라 떼기는 하지요.

그렇지만 그 밖에, 가령 양 명절 때면 고깃근이라도 사 보낸다든지, 또 오며 가며 들러 이야기 낱이라도 한다든지, 그런 걸 결단코 범연히(차근차근한 맛이 없이 데면데면히) 하진 않으니까요.

아무튼 그래서, 아주머니는 꼬박 1년 동안 구라다 상네 집 오마니로 있으면서 월급 5원씩 받는 걸 그대로 고스란히 저금을 하고, 또 틈틈이 삯바느질을 맡아다가 조금씩 벌어 보태고, 또 나올 무렵에 구라다 상네 양주(바깥주인과 안주인, 즉 부부를 말함)가 퍽 기특하다고 돈 7원을 상급으로 주고, 그런 게 이럭저럭 돈 백 원이나 존존히 됐지요.

그 돈으로 방 한 칸 얻고 살림 나부랭이도 조금 장만하고 그래 놓고서 마침 그 알랑꼴랑한 서방님이 놓여나오니까 그리로 모셔 들였지요.

놓여나오는 날 나도 가서 보았지만, 가막소 문 앞에 막 나서자 아주머니가 기다리고 있으니까 그래도 눈물이 핑 ― 돌던데요.

전에 그렇게도 죽을 둥 살 둥 모르고 좋아하던 첩년은 꼴도 안 뵈구요. 남의 첩년이란 건 다 그런 거지요 뭐.

우리 아저씨 양반은 혹시 그 여편네가 오지 않았나 하고 사방을 휘휘 둘러보던데요. 속이 그렇게 없다니까. 여편네는커녕 아주머니하고 나하고 그 외는 어리친 개새끼 한 마리 없더라.

그래 막 자동차에 올라타려다가 피를 토했지요. 나중에

 들었지만 가막소 안에서 달포 전부터 토혈을 했다나 봐요.

그래 다 죽어 가는 반송장을 업어 오다시피 해다가 뉘어 놓고, 그날부터 아주머니는 불철주야로 할 짓 못할 짓 다 해 가면서 부스대고 날뛴 덕에 병도 차차로 차도가 있고, 그러더니 이제는 완구히 살아는 났지요.

뭐 참 시방은 용 꼴인걸요, 용 꼴.

부인네 정성이 무서운 겝디다.

꼬박 3년이군. 나 같으면 돌아가신 부모가 살아오신대도 그 짓 못해요.

자, 그러니 말이지요. 우리 아저씨라는 양반이 작히나 양심이 있고 다 그럴 양이면, 어허, 내가 어서 바삐 몸이 충실해져서, 어서 바삐 돈을 벌어다가 저 아내를 편안히 거느리고 이 은공과 전날의 죄를 갚아야 하겠구나…… 이런 맘을 먹어야 할 게 아니냐구요?

아주머니의 은공을 갚자면 발에 흙이 묻을세라 업고 다녀도 참 못다 갚지요.

그러고저러고 간에 자기도 이제는 속 차려야지요. 하기

야 속을 차려서 무얼 하재도 전과자니까 관리나 또 회사 같은 데는 들어가지 못하겠지만. 그야 자기가 저지른 일인 걸 누구를 원망할 일도 아니고, 그러니 막 벗어부치고 노동이라도 해야지요.

대학교 출신이 막벌이 노동이란 게 꼴 가관이지만 그래도 할 수 없지, 뭐.

그런 걸 보고 가만히 나를 생각하면, 만약 우리 증조할아버지네 집안이 그렇게 치패를 안 해서 나도 전문학교를 졸업을 했으면, 혹시 우리 아저씨 모양이 됐을지도 모를 테니 차라리 공부 많이 않고서 이 길로 들어선 게 다행이다…… 이런 생각이 들어요.

사실 우리 아저씨 양반은 대학교까지 졸업하고도 이제는 기껏 해 먹을 거란 막벌이 노동밖에 없는데, 보통학교 4년 겨우 다니고서도 시방 앞길이 환히 트인 내게다 대면 고쓰카이(小使)만도 못하지요.

아, 그런데 글쎄 막벌이 노동을 하고 어쩌고 하기는커녕 조금 바시시 살아날 만하니까 이 주책꾸러기 양반이 무슨 맘보를 먹는고 하니, 내 참 기가 막혀!

아니, 그놈의 것하고는 무슨 대천지원수가 졌단 말인지,

어쨌다고 그걸 끝끝내 하지 못해서 그 발광인고?

그러나마 그게 밥이 생기는 노릇이란 말인지? 명예를 얻는 노릇이란 말인지? 필경은 붙잡혀 가서 징역 사는 놀음?

아마 그놈의 것이 아편하고 꼭 같은가 봐요. 그러기에 한번 맛을 들이면 끊지를 못하지요.

그렇지만 실상 알고 보면 그게 그다지 재미가 난다거나 맛이 있다거나 그런 것도 아니더군 그래요. 불한당패던데요. 하릴없이 불한당팹니다.

저 — 서양 어디선가, 일하기 싫어하는 게으름뱅이 몇 놈이 양지쪽에 모여 앉아서 놀고먹을 궁리를 했더라나요. 우리 집 다이쇼가 다 자상하게 이야기를 해 줍디다.

게, 그 녀석들이 서로 구누를 하기를, 자, 이 세상에는 부자가 있고 가난한 사람이 있고 하니 그건 도무지 공평한 일이 아니다. 사람이란 건 이목구비하며 사지육신을 꼭 같이 타고났는데, 누구는 부자로 잘살고 누구는 가난하다니 그게 될 말이냐. 그러니 부자가 가진 것을 우리 가난한 사람들하고 다 같이 고르게 나눠 먹어야 경우가 옳다.

야 — 그거 옳은 말이다. 야 — 그 말 좋다.
자 — 나눠 먹자.

아, 이렇게 설도를 해 가지고 우 하니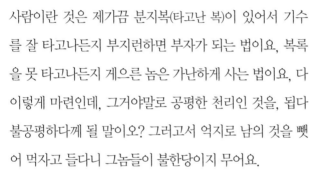
들고일어났다는군요.

아니, 그러니 그게 생 날불한당 놈의 짓
이 아니고 무어요?

사람이란 것은 제가끔 분지복(타고난 복)이 있어서 기수
를 잘 타고나든지 부지런하면 부자가 되는 법이요, 복록
을 못 타고나든지 게으른 놈은 가난하게 사는 법이요, 다
이렇게 마련인데, 그거야말로 공평한 천리인 것을, 됩다
불공평하다께 될 말이오? 그러고서 억지로 남의 것을 뺏
어 먹자고 들다니 그놈들이 불한당이지 무어요.

짓이 불한당 짓일 뿐 아니라, 또 만약에 그러기로 들면
게으른 놈은 점점 더 게으름만 부리고 쫓아다니면서 부
자 사람네가 가진 것만 뺏어 먹을 테니, 이 세상은 통으
로 도적놈의 판이 될 게 아니오? 그나마 부자 사람네가
모아 둔 걸 다 뺏기고 더는 못 먹여 내는 날이면, 그때는
이 세상 망하는 날이 아니오?

저마다 남이 농사지어 놓으면 그걸 뺏어 먹으려고 일 않

고 번둥번둥 놀 것이고, 남이 옷감 짜 놓으면 그걸 뺏어다가 입으려고 번둥번둥 놀 것이고 그럴 테니, 대체 곡식이며 옷감이며 그런 것이 다 어디서 나올 데가 있어야지요. 세상 망할밖에!

 글쎄 그놈의 짓이 그렇게 세상 망쳐 놓을 장본인 줄은 모르고서 가난한 놈들, 그 중에도 일하기 싫은 게으름뱅이들이 위선(우선) 당장 부자 사람네 것을 뺏어 먹는다니까 거기 혹해 가지골랑 너도나도 와 하니 참섭을 했다는구려.

바로 저 아라사가 그랬대요.

그래서 아니나 다를까 농군들이 곡식을 안 만들기 때문에 사람이 수만 명씩 굶어 죽는다는구려. 빤한 이치지 뭐.

위선 먹기는 곶감이 달다고 그 지랄들을 했다가 잘코사니야!

아 그런데, 그 못된 놈의 풍습이 삽시간에 동서양 각국 안 간 데 없이 퍼져 가지 골랑 한동안 내지에도 마구 굉장히 드세게 돌아다녔고, 내지가 그러니까 멋도 모르는 죄선 영감 상들도 덩달아서 그 흉내를 냈다나요.

그렇지만 시방은 그새 나라에서 엄하게 밝히고 금하고 한 덕에 많이 누꿈해졌고 그런 마음먹는 사람은 별반 없다나 봐요.

그럴 게지 글쎄. 아, 해서 좋을 양이면야 나라에선들 왜 금하며 무슨 원수가 졌다고 붙잡아다가 징역을 살리나요. 좋고 유익한 것이면 나라에서 도리어 장려하고, 잘할라치면 상급도 주고 그러잖아요.

활동사진이며 스모며 만자이(일본의 전통 민담)며 또 왓쇼왓쇼(일본의 마을 축제)랄지 세이레이 낭아시(일본의 불교 행사)랄지 라디오 체조랄지 그런 건 다 유익한 일이니까 나라에서 설도도 하고 그러잖아요.

나라라는 게 무언데? 그런 걸 다 잘 분간해서 이럴 건 이러고 저럴 건 저러라고 지시하고, 그 덕에 백성들은 제각기 제 분수대로 편안히 살도록 애써 주는 게 나라 아니오? 그놈의 것 사회주의만 하더라도 나라에서 금히길 않고 저희가 하는 대로 두어 두었어 보아? 시방쯤 세상이 무엇이 됐을지…….

다른 사람들도 낭패 본 사람이 많았겠지만, 위선 나만 하더라도 글쎄 어쩔 뻔했어. 아무 일도 다 틀리고 뒤죽박죽이지.

내 이상과 계획은 이렇거든요.

우리 집 다이쇼가 나를 자별히 귀애하고 신용을 하니까, 인제 한 십 년만 더 있으면 한밑천 들여서 따로 장사를 시켜 줄 그런 눈치거든요.

그러거들랑 그것을 언덕 삼아 가지고 나는 삼십 년 동안 예순 살 환갑까지만 장사를 해서 꼭 십만 원을 모을 작정이지요. 십만 원이면 죄선 부자로 쳐도 천석꾼이니, 뭐 떵떵거리고 살 게 아니냐구요?

그리고 우리 다이쇼도 한 말이 있고 하니까, 나는 내지인 규수한테로 장가를 들래요. 다이쇼가 다 알아서 얌전한 자리를 골라 중매까지 서 준다고 그랬어요. 내지 여자가 참 좋지요.

나는 죄선 여자는 거저 주어도 싫어요.

구식 여자는 얌전은 해도 무식해서 내지인하고 교제하는 데 안 됐고, 신식 여자는 식자나 들었다는 게 건방져서 못쓰고, 도무지 그래서 죄선 여자는 신식이고 구식이고 다 제바리여요.

내지 여자가 참 좋지 뭐. 인물이 개개 일자로 예쁘겠다,

얌전하겠다, 상냥하겠다, 지식이 있어도 건방지지 않겠다, 좀이나 좋아!

그리고 내지 여자한테 장가만 드는 게 아니라 성명도 내지인 성명으로 갈고, 집도 내지인 집에서 살고, 옷도 내지 옷을 입고, 밥도 내지식으로 먹고, 아이들도 내지인 이름을 지어서 내지인 학교에 보내고…….

내지인 학교라야지 죄선 학교는 너절해서 아이들 버려 놓기나 꼭 알맞지요.

그리고 나도 죄선말은 싹 걷어치우고 국어만 쓰고요.

이렇게 다 생활 법식부터도 내지인처럼 해야만 돈도 내지인처럼 잘 모으게 되거든요.

내 이상이며 계획은 이래서 그 십만 원짜리 큰 부자가 바로 내다뵈고, 그리로 난 길이 환하게 트이고 해서 나는 시방 열심으로 길을 가고 있는데, 글쎄 그 미쳐 산기 든 놈들이 세상 망쳐 버릴 사회주의를 하려 드니 내가 소름이 끼칠 게 아니냐구요. 말만 들어도 끔찍하지!

세상이 망해서 뒤집히면 그래 나는 어쩌란 말인고? 아무 것도 다 허사가 될 테니 그런 억울할 데가 있더람?

뭐 참, 우리 집 다이쇼 말이 일일이 지당해요.

여느 절도나 강도나 사기나 그런 죄는 도적이면 도적을 해 가는 그 당장, 그 돈만 축을 내니까 오히려 죄가 가볍지만, 그놈의 것 사회주의인지 지랄인지는 온 세상을 뒤죽박죽을 만들어 놓고 나라를 통째로 소란하게 하니까 도저히 용서할 수가 없대요.

용서라니! 나 같으면 그런 놈들은 모조리 쓸어다가 마구 그저 그냥……

그런 일을 생각하면, 털어놓고 말이지 우리 아저씨가 그 양반도 여간 불측스러워 뵈질 않아요. 사실 아주머니만 아니면 내가 무슨 천주학이라고 나쁜 병까지 앓는 그 양반을 찾아다니나요. 죽는대도 코도 안 풀어 붙일걸.

그러나마 전자의 죄상을 다 회개를 하고 못된 마음을 씻어 버렸을새 말이지, 뭐 헌 개 꼬리 3년이라더냐, 종시 그 모양일걸요.

그러니깐 그게 밉살머리스러워서 더러 들렀다가 혹시 마주 앉아도 위정 뼈끝 저린 소리나 내쏘아 주고 말을 다잡아 가지골랑 꼼짝 못하게시리 몰아세워 주곤 하지요.

저번에도 한번 혼을 단단히 내 주었지요. 아, 그랬더니 아주머니더러 한다는 소리가, 그 녀석 사람 버렸더라고, 아무짝에도 못 쓰게 길이 들었더라고 그러더라나요.

내 원, 그 소리를 듣고 어처구니가 없어서!

대체 사람도 유만부동이지, 그 아저씨가 나더러 사람 버렸느니 아무짝에도 못 쓰게 길이 들었느니 하더라니, 원 입이 몇 개나 되면 그런 소리가 나오는 구멍도 있누?

죄선 벙어리가 다 말을 해도 나 같으면 할 말 없겠더구면서도, 하면 다 말인 줄 아나 봐?

이를테면 그게 명색 훈계 비슷한 거렷다? 내게다가 맞대놓고 그런 소리를 하다가는 되잡혀서 혼이 날 테니까 슬며시 아주머니더러 이르란 요량이던 게지?

기가 막혀서…… 하느님이 사람의 콧구멍 두 개로 마련하기 참 다행이야.

글쎄 아무려면 내가 자기처럼 공부는 못하고, 남의 집 고조(사환) 노릇으로, 반토(반토, 지금의 수위) 노릇으로 이렇게 굴러먹을 값에, 이래 보여도 표창을 두 번이나 받은 모범 점원이요, 남들이 똑똑하고 재주 있고 얌전하다고 칭찬이 놀랍고, 앞길이 환히 트인 유망한 청년인데, 그래

자기 눈에는 내가 버린 놈이고 아무짝에도 못 쓰게 길이 든 놈으로 보였단 말이지?

하하, 오옳지! 거 참 그렇겠군. 자기는 자기 하는 짓이 옳으니까 남이 하는 짓은 다 글렀단 말이렸다?

그러니까 나도 자기처럼 그놈의 것 사회주의인지 급살 맞은 것인지나 하다가 징역이나 살고 전과자나 되고 폐병이나 앓고, 다 그랬더라면 사람 버리지도 않고 아무짝에도 못 쓰게 길든 놈도 아니고 그럴 뻔했군그래!

흥! 참…….

제 밑 구린 줄 모르고서 남더러 어쩌고저쩌고 한다는 게 꼭 우리 아저씨 그 양반을 두고 이른 말인가 봐.

그날도 실상 이랬더라우. 혼을 내 주었더니, 아주머니더러 그런 소리를 하더란 그날 말이오.

그날이 마침 내가 쉬는 날이기에 아주머니더러 할 이야기도 있고 해서 아침결에 좀 들렀더니, 아주머니는 남의 혼인집으로 바느질을 해 주러 갔다고 없고, 아저씨 양반만 여전히 아랫목에 가서 드러누웠어요.

그런데 보니까, 어디서 모두 뒤져냈는지 머리맡에다가 헌 언문 잡지를 수북이 쌓아 놓고는 그걸 뒤져요.

그래 나도 심심 삼아 한 권 집어 들고 떠들어 보았더니,
뭐 읽을 맛이 나야지요.

대체 죄선 사람들은 잡지 하나를 해도 어찌 모두 그 꼬락
서니로 해 놓는지.

사진도 없지요, 만가(만화)도 없지요.

그리고는 맨판 까다로운 한문 글자로다가 처박아 놓으니
그걸 누구더러 보란 말인고?

더구나 우리 같은 놈은 언문도 그런
대로 뜯어보기는 보아도 읽기에 여
간 폐롭지가 않아요.

그러니 어려운 언문하고 까다로운 한문하고를 섞어서 쓴
글은 뜻을 몰라 못 보지요. 언문으로만 쓴 것은 소설 나
부랭인데, 읽기가 힘이 들 뿐 아니라 또 죄선 사람이 쓴
소설이란 건 재미가 있어야죠. 나는 죄선 신문이나 죄선
잡지하구는 담쌓고 남 된 지 오랜걸요.

잡지야 뭐 〈킹구〉나 〈쇼넨구라부〉 덮어 먹을 잡지가 있
나요. 참 좋아요.

한문 글자마다 가나를 달아 놓았으니 어떤 대문을 척 펴
들어도 술술 내리읽고 뜻을 횅하니 알 수가 있지요.

그리고 어떤 대문을 읽어도 유익한 교훈이나 재미나는 소설이지요.

소설 참 재미있어요. 그중에도 기쿠치칸 소설……! 어쩌면 그렇게도 아기자기하고도 달콤하고도 재미가 있는지. 그리고 요시가와 에이지, 그의 소설은 진친바라바라(칼싸움)하는 지다이모노(시대물/역사물)인데 마구 어깻바람이 나구요.

소설이 모두 그렇게 재미가 있지요, 만가가 많지요, 사진이 많지요, 그러고도 값은 좀 헐하나요. 십오 전이면 바로 그 전달치를 사 볼 수 있고, 보고 나서는 5전에 도로 파는데요.

잡지도 기왕 하려거든 그렇게나 해야지, 죄선 사람들은 젠장 큰소리는 곧잘 하더구먼서도 잡지 하나 반반한 거 못 만들어 내니!

그날도 글쎄 잡지가 그 꼴이라, 아예 글은 볼 멋도 없고 해서 혹시 만가나 사진이라도 있을까 하고 책장을 후르르 넘기노라니깐 마침 아저씨 이름이 있겠나요! 하도 신통해서 쓰윽 펴 들고 보았더니 제목이 첫 줄은 경제, 사

회…… 무엇 어쩌구 잔주를 달아 놨겠지요.

그것만 보아도 벌써 그럴듯해요. 경제는 아저씨가 대학교에서 경제를 배웠다니까 경제 속은 잘 알 것이고, 또 사회는, 그것 역시 사회주의를 했으니까 그 속도 잘 알 것이고, 그러니까 경제하고 사회주의하고 어떻게 서로 관계가 되는 것이며 어느 편이 옳다는 것이며 그런 소리를 썼을 게 분명해요.

뭐, 보나 안 보나 속이야 빤하지요. 대학교까지 가설랑 경제를 배우고도 돈 모을 생각은 않고서 사회주의만 하고 다닌 양반이라 경제가 그르고 사회주의가 옳다고 우겨 댔을 거니까요.

아무렇든 아저씨가 쓴 글이라는 게 신기해서 좀 보아 볼 양으로 쓰윽 훑어봤지요. 그러나 웬걸 읽어 먹을 재주가 있나요.

글자는 아주 어려운 자만 아니면 대강 알기는 알겠는데, 붙여 보아야 대체 무슨 뜻인지를 알 수가 있어야지요.

속이 상하기에 읽어 보자던 건 작파하고서 아저씨를 좀 따잡고 몰아세울 양으로 그 대목을 차악 펴 놨지요.

"아저씨?"

"왜 그러니?"

"아저씨가 여기다가 경제 무어라고 쓰구, 또 사회 무어라고 썼는데, 그러면 그게 경제를 하란 뜻이오? 사회주의를 하란 뜻이오?"

"뭐?"

못 알아듣고 뚜렛뚜렛해요. 자기가 쓰고도 오래돼서 다 잊어버렸거나 혹시 내가 말을 너무 까다롭게 내기 때문에 섬뻑 대답이 안 나왔거나 그랬겠지요. 그래 다시 조곤조곤 따졌지요.

"아저씨…… 경제란 것은 돈 모아서 부자 되라는 것 아니오? 그런데 사회주의란 것은 모아 둔 부자 사람의 돈을 뺏어 쓰는 것 아니오?"

"이 애가 시방!"

"아니, 들어 보세요."

"너, 그런 경제학, 그런 사회주의 어디서 배웠니?"

"배우나마나, 경제란 건 돈 많이 벌어서 애껴 쓰고 나머지 모아 두는 것이 경제 아니오?"

"그건 보통, 경제한다는 뜻으루 쓰는 경제고, 경제학이니 경제적이니 하는 건 또 다르다."

"다를 게 무어요? 경제는 돈 모으는 것이고, 그러니까 경제학이면 돈 모으는 학문이지요."

"아니란다. 혹시 이재학이라면 돈 모으는 학문이라고 해도 근리할지 모르지만 경제학은 그런 게 아니란다."

"아니, 그렇다면 아저씨, 대학교 잘못 다녔소. 경제 못하는 경제학 공부를 5년이나 했으니 그게 무어란 말이오? 아저씨가 대학교까지 다니면서 경제 공부를 하구두 왜 돈을 못 모으나 했더니, 인제 보니까 공부를 잘못해서 그랬군요!"

"공부를 잘못했다? 허허, 그랬을는지도 모르겠다. 옳다, 네 말이 옳아!"

이거 봐요 글쎄. 단박 꼼짝 못하잖나. 암만 대학교를 다니고, 속에는 육조를 배포했어도 그렇다니까 글쎄…….

"아저씨?"

"왜 그러니?"

"그러면 아저씨는 대학교를 다니면서 돈 모아 부자 되는 경제 공부를 한 게 아니라 모아 둔 부자 사람네 돈 뺏어 쓰는 사회주의 공부를 했으니 말이지요……."

"너는 사회주의가 무얼루 알구서 그러냐?"

"내가 그까짓 걸 몰라요?"

한바탕 주욱 설명을 했지요.

내 얼굴만 물끄러미 올려다보고 누웠더니 피식 한 번 웃어요. 그러고는 그 양반이 하는 소리겠다요.

"그게 사회주의냐? 불한당이지."

"아니, 그럼 아저씨두 사회주의가 불한당인 줄은 아시는구려?"

"내가 언제 사회주의가 불한당이랬니?"

"방금 그러잖았어요?"

"글쎄, 그건 사회주의가 아니라 불한당이란 그 말이다."

"거 보시우! 사회주의란 것은 그렇게 날불한당이어요. 아저씨도 그렇다고 하면서 아니래시오?"

"이 애가 시방 입심 겨룸을 하재나!"

이거 봐요. 또 꼼짝 못하지요? 다 이래요, 글쎄……

"아저씨?"

"왜 그러니?"

"아저씨도 맘 달리 잡수시오."

"건 어떻게 하는 말이냐?"

"걱정 안 되시우?"

"나 같은 사람이 걱정이 무슨 걱정이냐? 나는 네가 걱정이더라."

"나는 뭐 버젓하게 요량이 있는걸요."

"어떻게?"

"이만저만한가요!"

또 한바탕 죽 설명을 했지요. 이야기를 다 듣더니 그 양반 한다는 소리 좀 보아요.

"너도 딱한 사람이다!"

"왜요?"

"……."

"아니, 어째서 딱하다구 그러시우?"

"……."

"네? 아저씨?"

"……."

"아저씨?"

"왜 그래?"

"내가 딱하다구 그러셨지요?"

"아니다, 나 혼자 한 말이다."

"그래두……."

"이 애?"

"네?"

"사람이란 것은 누구를 물론허구 말이다, 아첨하는 것같이 더러운 게 없느니라."

"아첨이요?"

"저 위로는 제왕, 밑으로는 걸인, 그 모든 사람이 위선 시방 이 제도의 이 세상에서 말이다, 제가끔 제 분수대로 살아가는 데 있어서 말이다, 제 개성을 속여 가면서꺼정 생활에다가 아첨하는 것같이 더러운 것이 없고, 그런 사람같이 가련한 사람은 없느니라. 사람이란 건 밥 두 그릇이 하필 밥 한 그릇보다 더 배가 부른 건 아니니까."

"그건 무슨 뜻인데요?"

"네가 일본인 여자와 결혼을 해서 성명까지 갈고 모든 생활 법도를 일본화하겠다는 것이 말이다."

"네, 그게 좋잖아요?"

"그것이 말이다, 진실로 깊은 교양이나 어진 지혜의 판단에서 우러나온 것이라면 그도 모를 노릇이겠지. 그렇

134 치숙

지만 나는 보매 네가 그런다는 것은 다른 뜻으로 그러는 것 같다."

"다른 뜻이라니요?"

"네 주인의 비위를 맞추고, 이웃의 비위를 맞추고 하자고……."

"그야 물론이지요! 다이쇼의 신용을 받아야 하고, 이웃 내지인들하구도 좋게 지내야지요. 그래야 할 게 아니겠어요?"

"……."

"아저씨는 아직도 세상 물정을 모르시오. 나이는 나보담 많구 대학교 공부까지 했어도 일찌감치 고생살이를 한 나만큼 세상 물정은 모릅니다. 시방이 어느 세상인데 그러시우?"

"이 애?"

"네?"

"네가 방금 세상 물정이랬지?"

"네."

"앞길이 환하니 트였다고 그랬지?"

"네."

"환갑까지 십만 원 모은다구 그랬지?"

"네."

"네가 말하는 세상 물정하구 내가 말하려는 세상 물정하구 내용이 다르기도 하지만, 세상 물정이란 건 그야말로 그리 만만한 게 아니다."

"네?"

"사람이란 것 제아무리 날고뛰어도 이 세상에 형적 없이, 그러나 세차게 죽 흘러가는 힘, 그게 말하자면 세상 물정이겠는데, 결국 그것의 지배하에서 그것을 따라가지 별수가 없는 거다."

"네?"

"쉽게 말하면 계획이나 기회를 아무리 억지루 만들어 놓아도 결과가 뜻대루는 안 된단 말이다."

"젠장, 아저씨도……. 요전 〈킹구〉라는 잡지에도 보니까, 나폴레옹이라는 서양 영웅이 그랬답디다. 기회는 제가 만든다구. 그리고 불가능이란 말은 바보의 사전에서나 찾을 글자라구요. 아, 자꾸자꾸 계획하고 기회를 만들구 해서 분투노력해 나가면 이 세상 일 안 되는 일이 어디 있나요? 한 번 실패하거든 갑절 용기를 내가지구 다시 일어서지요. 칠전팔기 모르시오?"

"나폴레옹도 세상 물정에 순응할 때는 성공했어도, 그것
에 거슬리다가 실패를 했더란다. 너는 칠전팔기해서 성
공한 몇 사람만 보았지, 여덟 번 일어섰다가 아홉 번째
가서 영영 쓰러지구는 다시 일어나지 못한 숱한 사람이
있는 건 모르는구나?"

"그래두 이제 두고 보시오. 나는 천하 없어두 성공하구
말 테니……. 아저씨는 그래서 더구나 못써요? 일해 보
기도 전에 안 될 줄로 낙심 먼저 하구……."

"하늘은 꼭 올라가 보구래야만 높은 줄 아니?"

원, 마지막 가서는 할 소리가 없으니깐 동에도 닿지 않는
비유를 가져다 둘러대는 걸 보아요. 그게 어디 당한 말인
고? 안 올라가 보면 뭐 하늘 높은 줄 모를 천하 멍텅구리
도 있을까? 그만 해 두려다가 심심하기에 또 말을 시켰
지요.

"아저씨?"

"왜 그래?"

"아저씨는 인제 몸 다 충실해지면 어떡허실려우?"

"무얼?"

"장차⋯⋯."

"장차?"

"어떡허실 작정이세요?"

"작정이 새삼스럽게 무슨 작정이냐?"

"그럼 아저씨는 아무 작정 없이 살어가시우?"

"없기는?"

"있어요?"

"있잖구?"

"무언데요?"

"그새 지내 오던 대루⋯⋯."

"그러면 저 거시기 무엇이냐 도루 또 그걸⋯⋯?"

"그렇겠지."

"아저씨?"

"⋯⋯."

"아저씨?"

"왜 그래?"

"인젠 그만두시우."

"그만두라구?"

"네."

"누가 심심소일루 그러는 줄 아느냐?"

"그렇잖구요?"

"……."

"아저씨?"

"……."

"아저씨?"

"왜 그래?"

"아저씨 올해 몇이지요?"

"서른셋."

"그러니 인제는 그만큼 해 두고 맘 잡어서 집안일 할 나이두 아니오?"

"집안일은 해서 무얼 하나?"

"그렇기루 들면 그 짓은 해서 또 무얼 하나요?"

"무얼 하려구 하는 게 아니란다."

"그럼, 아무 희망이나 목적이 없으면서 그래요?"

"목적? 희망?"

"네."

"개인의 목적이나 희망은 문제가 다르니까……. 문제가 안 되니까……."

"원, 그런 법도 있나요?"

"법?"

"그럼요!"

"법이라……!"

"아저씨?"

"…….."

"아저씨?"

"왜 그래?"

"아주머니가 고맙잖습디까?"

"고맙지."

"불쌍하지요?"

"불쌍? 그렇지. 불쌍하다면 불쌍한 사람이지!"

"그런 줄은 아시느만?"

"알지."

"알면서 그러시우."

"고생을 낙으로, 그 쓰라린 맛을 씹고 씹고 하면서 그것에서 단맛을 알아내는 사람도 있느니라. 사람도 있는 게 아니라, 사람마다 무슨 일에고 진정과 정신을 꼬박 거기다가만 쓰면 그렇게 되는 법이니라. 그러니까 그쯤 되면 그때는 고생이 낙이지. 너의 아주머니만 두고 보더래도 고생이 고생이면서 고생이 아니고 고생하는 게 낙이란 다."

"그렇다고 아저씨는 그걸 다행히만 여기시우?"

"아니."

"그러거들랑 아저씨두 아주머니한테 그 은공을 더러는 갚어야 옳을 게 아니오?"

"글쎄, 은공을 모르는 건 아니지만……."

"그러니 인제 병이나 확실히 다 나신 뒤엘라컨……."

"바빠서 원……."

글쎄 이 한다는 소리 좀 보지요? 시치미 뚜욱 따고 누워 서 바쁘다는군요?

사람 속 차릴 여망 없어요. 그저 어디로 대나 손톱만큼도 쓸모는 없고 남한테 사폐만 끼치고, 세상에 해독만 끼칠 사람이니, 뭐 하루바삐 죽어야 해요. 죽어야 하고, 또 죽 어서 마땅해요. 그런데 글쎄 죽지를 않고 꼼지락꼼지락 도로 살아나니 성화라구는, 내…….

4 미스터 방

미스터 방

주인과 나그네가 한가지로 술이 거나하니 취하였다. 주인은 미스터 방(方), 나그네는 주인의 고향 사람 백(白) 주사.

주인 미스터 방은 술이 거나하여 감을 따라, 그러지 않아도 이즈음 의기 자못 양양한 참인데 거기다 술까지 들어간 판이고 보니, 가뜩이나 기운이 불끈불끈 솟고 하늘이 바로 돈짝만한 것 같은 모양이었다.

"내 참, 뭐, 흰말(빈말)이 아니라 참, 거칠 것 없어, 거칠 것. 흥, 어느 눔이 아, 어느 눔이 날 뭐라구 허며, 날 괄시헐 눔이 어디 있어, 지끔 이 천지에. 흥, 참, 어림없지, 어림없어."

누가 옆에서 저를 무어라고 하며 괄시를 한단 말인지, 공연히 연방 그 툭 나온 눈방울을 부리부리, 왼편으로 삼십도는 넉넉히 삐뚤어진 코를 벌씸벌씸 해 가면서 그리하는 것이었다.

"내 참, 이래 봬두 응, 동양 삼국 물 다 먹어 본 방삼(方三)복이우. 청얼(淸語) 뭇 허나, 일얼 뭇 허나, 영어야 뭐 말할 것두 없구……."

하다가 생각난 듯이 맥주 컵을 들어 벌컥벌컥 단숨에 다 마신다. 그리고 시꺼먼 손등으로 입술을 쓱, 손가락으로 김치 쪽을 늘름 한 점, 하던 버릇이, 미스터 방이요 신사요 방 선생으로도 불리어지는 시방도 무심중에 절로 나와 손등으로 입술의 맥주 거품을 쓱 씻고, 손가락으로 라조기 한 점을 집어다 우둑우둑 씹는다.

"술은 참, 맥주가 술입넨다……."

어느 놈이 만일 무어라고 시비를 하거나 괄시를 한다면 당장 그 라조기를 씹듯이 우둑우둑 잡아 씹기라도 할 듯이 괄괄하던 결기가 별안간 어디로 가고 이번엔 맥주 추앙이 나오는 것이다.

"술두 미국 사람네가 문명했죠. 죄선 사람은 안직두 멀었어."

"멀구말구. 아직두 멀었지."

쥐 상호의 대추씨만한 얼굴에 앙상한 노랑 수염 백 주사가, 병을 들어 주인의 빈 컵에다 따르면서 그렇게 맞장구를 쳐 보비위(비위를 잘 맞춤)를 한다.

"아, 백상두 좀 드슈."

"난 과해."

"괜히 그러셔. 백상 주량을 다아 아는데. 만난 진 오래어두."

"다아 젊었을 적 말이지, 지금은……."

"올에 참, 몇이시지?"

"갑술 생, 마흔여덟 아닌가!"

"그럼 나보담 열한 살 위시군. 그래두 백상은 안 늙으신 셈이야. 허허허허."

"안 늙는 게 다 무언가. 머리 센 걸 보게!"

"건 조백이시지."

백 주사는 흔연히 수작을 하면서 내색은 아니 하나, 어심(마음속)엔 미스터 방이 괘씸하기 짝이 없었다.

향리의 예법으로, 십 년 장이면 절하고 뵈어야 한다. 무릎 꿇고 앉아야 하고, 말은 깍듯이 공대를 해야 한다. 그 앞에서 주초(酒草-술과 담배)가 당치 않고, 막부득이한 경우면 모로 앉아 잔을 마셔야 한다. 그런 것을, 마치 제 연갑 친구나 타관 나그네에게나 하는 것처럼, 백상이니, 술 드슈, 조백이시지 하고 말버릇이 고약해, 발 개키고 앉아서 정면하고 술을 먹어, 담배 뻐끔뻐끔 피워, 이런 괘씸할 도리가 없었다. 또 나이도 나이려니와, 문벌이나 지체를 가지고 논한다면, 이건 도저히 용서할 수 없는 일이었다.

이래 보여도 나는 삼대조가 진사를 하였고(그 첩지가 시방도 버젓이 있다), 오대조가 호조판서를 지냈고(족보에 그렇게 분명히 올라 있다), 칠대조가 영의정을 지냈고(역시 족보에 그렇게 분명히 올라 있다), 이런 명문거족의 집안이었다. 또 내 십이촌이 ××군수요, 그 십이촌의 아들이 만주국 ××현 ××촌 촌장이요 하였다. 또 그리고 시방은 원수의 독립인지 막덕인지 때문에 다 그렇게 되었다지만, 아무튼 두 달 전까지도 어느 놈 그 앞에서 기침 한번 크게 못 하던 백부장 — 훈팔(八)등에 ××경찰서 경제계 주임이던 백부장의 어르신네 백 주사가 아닌가. 두 달 전

그때만 같았어도,

'이놈!'

하고 호통을 하여 당장

물고를 내련만, 그 좋은 세상이 어디로 가고 이 지경이란
말인지 몰랐다.

하여튼 그만치나 혼란스러운 백 주사에다 대면 미스터
방의 근지야 아주 보잘 것이 없었다.

미스터 방의 증조가 타관에서 떠들어온 명색 없는 사람
이었다. 그 조부가 고을의 아전을 다녔다. 그 아비가 짚
신장수였다. 칠십에 고로롱고로롱 아직도 살아 있지만,
시방도 짚신 곱게 삼기로 고을에서 첫째가는 방첨지가
바로 그였다. 그리고 이 방삼복이는…….

먹고 자고, 꿍꿍 일하고, 자식새끼 만들고 할 줄밖에는
모르는 상일꾼(농부)이었다. 그러나 서른을 바라보도록
남의 집 머슴살이로, 이집 저집 살고 다니는 코삐뚤이 삼
복이었다. 물론 낫 놓고 기역자도 못 그리는 판무식이었
다.

상일꾼일 바엔 남의 세토(貰土:소작) 마지기라도 얻어 제
농사를 짓는 것이 아니라, 서른을 바라보도록 남의 집 머

습살이만 하고 다니던 코삐뚤이 삼복이가 하루아침에 무
슨 생각이 났던지 돈벌이를 간답시고, 조석이 간데없는
부모에게다 처자식 떠맡기고는 훌쩍 일본으로 떠나 버렸
다. 그것이 열두 해 전.

떠난 지 7, 8년을 별반 신통한 벌이도 못 하는지, 돈 한
푼 보내는 싹도 없더니, 하루는 느닷없이 중국 상해에 와
있노라 기별이 전해져 왔다. 그리고는 감감 소식이 없다
가, 3년 만에 퍼뜩 고향엘 돌아왔다. 십여 년을, 저의 말
마따나 동양 삼국 물 골고루 먹고 다녔으면서 별로 때가
벗은 것도 없어 보이고, 행색은 해어진 양복 누더기에 볼
꿰어진 구두 짝을 꿰고 들어서는 모양이, 군데군데 김질
은 하였으나 빨아 다린 무명 고의적삼을 입고 고향을 떠
날 적보다 차라리 초라한 것 같았다.

늙은 어미 아비와 젊은 가속이, 뼈품으
로 버는 것을 얻어먹으며 굶으며 하면서
한 1년 빈둥거리고 놀더니, 적이 회심이
들었는지, 이번엔 처자식 데리고 서울로 올라왔다.

서울로 올라와서는 현저동 비탈의 다 찌부러진 행랑방을
얻어 살면서, 처음 1년은 용산에 있는 연합군 포로수용

소에 다니며 입에 풀칠을 하였고 — 이 동안 그는 상해에서 귀로 익힌 토막 영어가 조금 더 진보되었고.

다시 1년은, 그것 역시 상해에서 익힌 것을 밑천삼아 구두 직공으로 구둣방엘 다니며 그럭저럭 살았고. 그러다 일본이 싸움에 지느라고, 구두를 너무 해트려(닳아서 떨어지게 하여) 가죽이 동이 나 구둣방이 너나없이 문을 닫는 바람에 할 수 없이 이번엔 궤짝 한 개 짊어지고 신기료장수로 나서고 말았다.

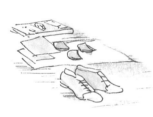

골목골목 돌아다니며, 혹은 종로 복판의 한길에 가 앉아 신기료장수를 하자니, 자연 서울에 온 고향 사람의 눈에 종종 뜨일밖에. 소식이 고향에 퍼지자, 누구 한 사람 칭찬은 없고 저마다 빈정거리는 소리뿐이었다.

"일본으로, 청국으로, 십여 년 타국 바람 쏘이고 온 놈이 겨우 고거야?"

"부전자전이로구면. 아범은 짚신장수, 자식은 구두 깁는 장수."

"아마 신발 명당에다 무덤을 썼는감."

이렇듯 근지는 미천하고, 속에 든 것 없고, 가랑이가 찢어지게 가난하고, 생화(生貨)라는 것이 고작 거리에 앉아 오는 사람 가는 사람 해어지고 고린내 나는 구두 짝 꿰매어 주고, 징 박아 주고 닦아 주고 하는 천업이고 하던, 그 코삐뚤이 삼복이었다.

'흥, 개구리가 올챙이 적을 못 생각한다더니, 발칙한 놈, 고얀 놈.'

백 주사는 생각하자니 속으로 이렇게 분개하지 않을 수가 없었다.

그러나 일변으로는, 그러던 코삐뚤이 삼복이가 그야말로 선영이 명당에 들었단 말인지 무슨 조화를 지녔단 말인지, 불과 몇 달간에 이렇게 훌륭히 되고 부자가 되고, 미스터 방인지 구리다 방인지가 되고 하여 가지고는, 갖은 호강 다 하며 천하에 무서울 것이 없고 기광(극성스레 날뛰는 기세)이 나서 막 이러니, 한편 생각하면 신기하기도 하고 부럽기도 하고, 또한 안타깝기도 하였다.

'사람의 운수란 참 모를 일이야.'

백 주사는 속으로 이렇게 절절히 탄복도 아니 하지 못하였다.

코삐뚤이 삼복의 이 눈부신 발신은, 그러나 백 주사가 희한히 여기는 것처럼 무슨 명당바람이 났다거나 조화를 지녔다거나 그런 신기한 곡절이 있는 바가 아니요, 지극히 간단하고도 수월한 것이었다. 다만 몸에 지닌 재주 가운데 총기가 좀 좋아서 일찍이 영어 마디나 익힌 것을 잊어버리지 아니하였다는, 일종의 특수조건이 없던 바는 아니지만.

1945년 8월 15일, 역사적인 날.

이날도 신기료장수 방삼복은 종로의 공원 건너편 응달에 앉아 구두 징을 박으면서 해방의 날을 맞이하였다. 그러나 삼복은 감격한 줄도 기쁜 줄도 모르고 있었다. 지나가는 행인이 서로 모르던 사람끼리면서 서로 덥석 껴안고 기뻐하고 눈물을 흘리고 하는 것이, 삼복은 속을 모르겠고 차라리 쑥스러워 보일 따름이었다. 몰려 달리는 군중이 오히려 성가시고 만세 소리에 귀가 아파 이맛살이 찌푸려질 지경이었다.

몰려다니고 만세를 부르기에 미쳐 날뛰느라고 정신이 없

어, 손님이 없어져 손님이 부쩍 줄었다.

"우라질! 독립이 배부른가?"

이렇게 그는 두런거리면서 반감이 솟았다.

이삼 일 지나면서부터야 삼복에게도 삼복다운 해방의 혜택이 나누어졌다.

십 전이나 십오 전에 박아 주던 징을, 오십 전을 받아도 눈을 부라리는 순사를 볼 수가 없었다. 순사가 없어졌다면야 활개를 쳐가면서 무슨 짓을 하여도 상관이 없고 무서울 것이 없던 것이었었다.

"옳아, 그렇다면 독립도 할 만한 건가 보다."

삼복은 징 열 개를 박아 주고 5원을 받아 넣으면서 이렇게 속으로 중얼거리기까지 하였다.

그러나 며칠이 못 가서 삼복은 다시금 해방을 저주하여야 하였다. 삼복이 저 혼자만 돈을 더 받으며, 더 받아 상관이 없는 것이 아니라, 첫째 도가(都家)들이 제 맘대로 재료값을 올리는 것이었었다. 징, 가죽, 고무, 실 모두가 다섯 곱, 열 곱 비싸졌다. 그러니 신기료장수는 손님한테 아무리 비싸게 받는댔자 재료를 비싼 값으로 사야 하니, 결국 도가만 살찌울 뿐이지 소득은 전과 크게 다를 것이 없었다.

"이런 옘병헐! 그눔의 경제겐 다 어디루 가 뒈졌어. 독립은 우라지게도 독립을 헌담."

석양 때 신기료 궤짝을 어깨에 멘 채 홧김에 막걸리청(술청)으로 들어가 서너 사발 들이켜고는 그는 이렇게 게걸거렸다.

그럭저럭 구월도 열흘이 되고, 서울 거리에는 미국 병정들이 꼬마차와 함께 그득히 퍼졌다.

그 미국 병정들이 거리를 구경하면서 혹은 물건을 사려고 하면서, 말이 서로 통하지를 못하여 답답해 하는 양을 보고 삼복은 무릎을 탁 쳤다.

그러나 슬플진저. 땟국과 땀에 찌든 이 누더기를 걸치고는 가망이 없을 말이었다.

'무슨 도리가 없을까?'

빈나질을 궁리를 하다가 정오 때에야 한줄기 서광을 얻었다.

총총히 집으로 돌아가 마누라를 시켜, 구두 고치는 연장 일습과 재료 남은 것에다 이불이며 헌 옷가지 해서 한 짐을 동네 아는 가게에다 맡기고는, 한 달 기한으로 돈 백 원을 서 푼 변으로 취해 오게 하였다.

그 돈 백 원을 가지고 삼복은 흔한 넝마전으로 가서 백 원 돈이 꼭 차는 한도까지 명색이 양복 한 벌과 모자를 샀다. 신발은 부득이 안집 사람이 병정구두 사 신은 것을 이다음 창갈이를 거저 해주겠다는 조건으로 닷새만 제 것과 바꾸어 신기로 하였다.

이튿날 아침 느지감치 새로 장만한 헌 양복, 헌 모자에, 헌 구두로써 궤짝 멘 신기료장수보다는 제법 말쑥하여진 차 림을 차리고 마악 나서려는데, 간밤부 터 통통 부어 가지고는 시중도 말대꾸 도 잘 아니 하던 애꾸장이 마누라가 와

락 양복 뒷자락을 움켜쥐고 늘어진다.

"바른 대루 대요."

"이게 별안간 미쳤나?"

"요 망나니야, 반해 가지군 이럭허구 찾아가는 고년이 어떤 년이야? 응?"

"속을 모르거든 밥값을 내지 말랬어, 요 맹추야."

"날 죽이구 가지, 거저는 못 가."

"이년아, 너 이랬단, 내 인제 둔 벌문 증말 첩 얻는다."

"오냐, 잘한다. 날 죽여라, 날……."

"아, 이 우라 주리 땔 앵길 년이……."

한주먹 보기 좋게 갈겨 넘어뜨리고는, 찌부러진 오두막 집을 나와서 종로로 방향을 잡았다.

노예도 노예 이전이면 상전을 선택할 자유를 가지는 수도 있다고.

삼복은 종로에서 전차를 내려 동쪽으로 천천히 걸으면서 물색을 하였다. 생김새가 맘씨 좋아 보이고, 여느 병정이 아니라 장교쯤 가는 이라야 할 것이었다.

청년회관 앞에서 담뱃대를 사고 있는 하나가, 몸집이 부대하고 여느 병정은 아닌 듯하고, 얼굴이 사뭇 선량하여 보이는 게 선뜻 마음에 들었다. 구경하는 체하고 넌지시 그 옆으로 가 섰다.

미국 장교는 담뱃대를 집어 들고 기물스러워 하면서 연방 들여다보다가 값이 얼마냐고,

"하우 머치? 하우 머치?"

하고 묻는다.

담뱃대 장수 영감은 삼십 원이라고 소리만 지른다.

알아들을 턱이 없어 고개를 갸웃거리면서 다시금 하우머치만 찾는 것을 기회 좋을시고라고, 삼복이가 나직이,

"더티 원."

하여 주었다.

홱 돌아다보더니,

"오, 캔 유 스피크?"

하면서 사뭇 그러안을 듯이 반가워하는 양이라니. 아스러지도록 손을 잡고 흔드는 데는 질색할 뻔하였다.

직업이 있느냐고 물었다. 방금 실직하였노라고 대답하였다.

그럼 내 통역이 되어 주겠느냐고 물었다. 그러겠노라고 대답하였다.

이 자리에서 신기료장수 코삐뚤이 삼복이가 미스터 방으로 승차를 하여, S라는 미국 주둔군 소위의 통역이 되었다. 주급 십오 불(이백사십 원) 가량의.

거의 매일같이 미스터 방은 S소위를 낮에는 거리의 구경으로, 밤이면 계집 있는 술집으로 인도하였다.

한번은 탑골공원의 사리탑을 구경하면서, 얼마나 오래

된 것이냐고 S소위가 물었다. 미스터 방은 언젠가 수천 년 된 것이란 말을 들었기 때문에, 투사우전드 이얼스라고 대답하였다.

또 한번은, 경회루를 구경하면서 무엇을 하던 건물이냐고 물었다. 미스터 방은 서슴지 않고,

"킹 드링크 와인 앤드 댄스 앤드 싱, 위드 댄서."

라고 대답하였다. 임금이 기생 데리고 술 마시고, 춤추고 노래 부르고 하던 집이란 뜻이었다.

내가 보기엔 조선 여자의 옷이 퍽 아름답고 점잖던데, 어째서 양장들을 하는지 모르겠다고 S소위가 물었다. 미스터 방은, 여자들이 서양 사람한테로 시집을 가고파서 그런다고 대답하였다.

서울역을 비롯하여 거리에 분뇨가 범람한 것을 보고, 혹시 조선 가옥에는 변소가 없느냐고 S소위가 물었다. 미스터 방은, 있기야 집집마다 다 있노라고 대답하였다.

썩 좋은 조선 그림을 한 장 사고 싶다고 하여서, 문지방 위에다 흔히들 붙이는, 사슴이 불로초를 물고 신선이 앉

아 있고 한 것을 5원에 한 장 사주었다.

제일 재미있고 유명한 소설이 무엇이냐고 물어서, "추월색"이라고 대답하였고, 그럼 그것을 한 권 사고 싶다고 하여서, 여러 날 사러 다니다 못해 동네 노마네 집의 것을 2원에 사주었다. 이 밖에도 미스터 방이 S소위에게 조선을 소개한 공로가 여러 가지로 많으나, 대강은 그러하였다.

그 공로에 정비례해서, 미스터 방은 나날이 훌륭하여져 갔다. 8·15 이전에 어떤 은행 중역의 사택이라던 지금 이 집으로 현저동 그 집에서 옮겨오기는, S소위의 통역이 된 지 사흘 후였다. 위 아래층을 서양식 절반, 일본식 절반으로 꾸민 호화스러운 저택이었다. 정원엔 때마침 단풍과 가을 화초가 아름다웠고, 연못에선 잉어가 뛰놀고는 하였다.

시방 주객이 앉아 술을 마시는 방은, 앞은 노대(바깥대, 발코니)가 딸리고 햇볕이 잘 들고 밝아서, 여러 방 가운데 제일 좋은 방이었다. 그러나 방 안에는 벽에 그림 한 장

붙어 있는 바도 아니요, 방에 알맞은 가구 한 벌 놓여 있는 바도 아니요, 단지 방일 따름이어서 싱겁게 넓기만 하였다. 그렇지만 미스터 방은 실내의 장식 같은 것쯤 그다지 관심가질 줄을 아직은 몰랐다.

처음엔 식모를 두었다. 그 다음엔 침모를 두었다. 그 다음엔 손심부름 할 계집아이를 두었다.

하루에도 방 선생을 찾는 이가 여러 패씩 있었다. 대개 그들은 자동차를 타고 오고, 인력거짜리도 흔치 않았다. 그렇게 찾아오는 그들은 결단코 빈손으로 오는 법이 드물었다. 좋은 양과자 상자 밑바닥에는 으레 따로 뿌듯한 봉투가 들어있고는 하였다.

미스터 방의, 신기료장수 코뻬뚤이 삼복이로부터의 발신 경로란 이렇듯 심히 간단하고 순조로운 것이었다.

주인 미스터 방이 백 주사의 컵에다 술을 따르려ㄱ 병을 집어 들다가,

"오이, 기미코."

하고 아래층에 대고 부른다.

"심부름 갔어요."

애꾸장이 마누라의 꼬챙이 같은 대답.

"안주 어떻게 됐어?"

"글쎄, 안주 시키러 갔어요."

"정종 있지?"

"……."

층계 밟는 소리가 나더니, 퍼머넌트한 머리가 나오고, 좁디좁은 이마에 이어서 애꾸눈이 나오고, 분 바른 얼굴이 나오고, 원피스 입은 커다란 젖통의 가슴이 나오고, 마지막 비단 양말 신은 두리기둥 같은 두 다리가 나온다.

"서 주사가 이거 두구 갑디다."

들고 올라온 각봉투 한 장을 남편에게 건네어 준다.

"어디?"

그러면서 받아 봉을 뜯는다. 소절수(수표) 한 장이 나온다. 액면 만 원짜리다.

미스터 방은 성을 벌컥 내면서,

"겨우 돈 만 원야?"

하고 소절수를 다다미 바닥에다 홱 내던진다.

"내가 알우?"

"우라질 자식, 어디 보자. 그래 저는 그걸 십만 원에 불

하 맡아다 백만 원 하나는 남겨 먹을 테면서, 그래 겨우 돈 만 원야? 엠병헐 자식, 내가 엠피(MP)헌테 말 한마디면, 전 어느 지경으로 갈지도 모르구서."

"정종으루 가져와요?"

"내 말 한마디에 죽을 눔이 살아나구, 살 눔이 죽구 허는 줄을 모르구서. 흥, 이 자식 경 좀 쳐봐라…… 정종 따끈허게 데어 와. 날두 산산허구 허니."

새로이 안주가 오고, 따끈한 정종으로 술이 몇 잔 더 오락가락하고 나서였다.

백 주사는 마침내, 진작부터 벼르던 이야기를 꺼내었다.

백 주사의 아들 백선봉은, 순사 임명장을 받아 쥐면서부터 시작하여 8·15 그 전날까지 7년 동안, 세 곳 주재소와 두 곳 경찰서를 전근하여 다니면서, 이백 석 추수의 토지와, 만 원짜리 저금통장과, 만 원어치가 넘는 옷이며 비단과, 역시 만 원어치가 넘는 여편네의 패물 등을 장만하였다.

남들은 주린 창자를 졸라맬 때 그의 광에는 옥 같은 정백미가 몇 가마니씩 쌓였고, 반년 1년을 남들은 구경도 못

하는 고기와 생선이 끼니마다 상에
오르지 않는 날이 없었다.
××경찰서의 경제계 주임으로 있
던 마지막 2년 동안은 더욱더 호화판이었다. 8·15 그날
밤, 군중이 그의 집을 습격하였을 때에 쏟아져 나온 물건
이 쌀 말고도,

광목 여섯 통
고무신 스물세 켤레
지카다비 여덟 켤레
빨랫비누 세 궤짝
양말 오십 타
정종 열세 병
설탕 한 부대

이렇게 있었더란다. 만 원어치 여편네의 패물과, 만 원어
치의 옷감이며 비단과 만 원짜리 저금통장은 그만두고
말이었다.
물건 하나 없이 죄다 빼앗기고, 집과 세간은 조각도 못

쓰게 산산이 다 부서지고, 백선봉은 팔이 부러지고, 첩은 머리가 절반이나 뽑히고, 겨우겨우 목숨만 살아 본집으로 도망해 왔다.

일변 고을에서는 백 주사가 자식이 그런 짓을 해서 산 토지를 가지고 동네 사람한테 거만히 굴고, 작인들한테 8할 가까운 도지를 받고 고리대금을 하였대서, 백선봉이 도망해 와 눕는 그날 밤 그의 본집인 백 주사의 집을 습격하였다.

집과 세간을 죄다 부수고 백선봉이 보내 준 통제배급물자의 숱한 것들을 죄다 빼앗기고, 가족들은 죽을 매를 맞고 백선봉은 처가로 백 주사는 서울로 각기 피신하여 목숨만 우선 보전하였다.

백 주사는 비싼 여관 밥을 사먹으면서, 울적하게 거리를 오락가락, 어떻게 하면 이 분풀이를 할까, 어떻게 하면 빼앗긴 돈과 물건을 도로 다 찾을까 하고 궁리를 했으나 아무런 묘책도 없었다.

그러다 오늘 우연히 이 미스터 방을 만났다. 종로를 지향 없이 거니는데, 지나가던 자동차가 스르르 멈추면서 서양 사람과 같이 탔던 신사 양반 하나가 내려서더니 어찌

다 눈이 마주치자,

"아, 백 주사 아니신가요?"

하고 반기는 것이었다.

자세히 보니 길바닥에서 신기료장

수를 한다던 코삐뚤이 삼복이가 분명하였다.

"자네가, 저, 저, 방, 방······."

"네, 삼복입니다."

"아, 그런데, 자네가······."

"허, 살 때가 됐답니다."

그리고 내 집으루 갑시다, 하고 잡아끄는 대로 끌리어 온

것이었다.

의표(의장, 옷차림새)하며, 집하며, 식모에 침모에 계집하

인까지 부리면서 사는 것하며, 신수가 훤히 트여 가지고

말도 제법 의젓하여진 것 같은 것이며, 진소위(그야말로)

개천에서 용이 났다고 할 것인지.

옛날의 영화가 꿈이 되고 일보에 몰락하여 가뜩이나 초

상집 개처럼 초라한 자기가, 또 한번 어깨가 옴츠러듦을

느끼지 않을 수가 없었다. 그런데다 이 녀석이 언제 적

저라고 무엄스럽게 굴어 심히 불쾌하였고, 그래서 엔간

히 자리를 털고 일어설 생각이 몇 번이나 나지 않은 것도 아니었다. 그러나 참았다.

보아하니 큰 세도를 부리는 것이 분명하였다. 잘만 하면 그 힘을 빌려, 분풀이와 빼앗긴 재물을 도로 찾을 여망이 있을 듯싶었다. 분풀이를 하고 더구나 재물을 도로 찾고 하는 것이라면, 코삐뚤이 삼복이가 아니라 그보다 더한 놈한테라도 머리 숙이는 것쯤 상관할 바 아니었다.

"그러니, 여보게 미씨다 방⋯⋯."

있는 말 없는 말 보태 가며 일장 경과 설명을 한 후에, 백 주사는 끝을 맺기를,

"어쨌든지 그놈들을 말이네. 그놈들을 한 놈 냉기지 말고서 죄다 붙잡아다가 말이네. 괴수 놈들일랑 목을 썰어 죽이구, 다른 놈들일랑 뼉다구가 부러지두룩 두들겨 주구, 꿇어앉히구 항복 받구, 그리구 빼앗긴 것 일일이 도루 다 찾구, 집허구 세간 쳐부순 것 말끔히 다 물리구⋯⋯, 그렇게만 해준다면 내, 내 재산 절반 노나 주문세, 절반. 응, 여보게. 미씨다 방."

"염려 마슈."

미스터 방은 선뜻 쾌한 대답이었다.

"진정인가?"

"머, 지끔 당장이래두 내 입 한번만 떨어진다 치면, 기관총 들멘 엠피가 백 명이구 천 명이구 들끓어 내려가서 들입다 쑥밭을 만들어 놉니다, 쑥밭을."

"고마우이!"

백 주사는 복수하여지는 광경을 선히 연상하면서, 미스터 방의 손목을 덥석 잡는다.

"백골난망이겠네."

"놈들을 깡그리 죽여 놓을 테니, 보슈."

"자네라면이야 어련하겠나."

"흰말이 아니라 참 이승만 박사두 내 말 한마디면 고만 다 제바리유."

미스터 방은 그러고는 냉수 그릇을 집어 한 모금 물고 꿀쩍꿀쩍 양치를 한다. 웬 버릇인지, 하여간 그는 미스터 빙이 뇐 뒤로 술을 먹으면서 양치하는 버릇이 생겼었다. 양치한 물을 처치하려고 휘휘 둘러보다, 일어서서 노대로 성큼성큼 나간다. 노대는 현관 바로 위였다.

미스터 방이 그 걸쭉한 양칫물을 노대 아래로 아낌없이

좍 뱉는 바로 그 순간이었다. 그 순간 공교롭게도, 마침 그를 찾으러 온 S소위가 현관으로 일단 들어서려다 말고 (미스터 방이 노대로 나오는 기척이 들렸기 때문에) 뒤로 서너 걸음 도로 물러나,

"헬로."

부르면서 웃는 얼굴을 쳐드는 순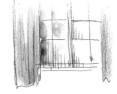
간과 그만 일치가 되었다.

"에구머니!"

놀라 질겁하였으나 이미 뱉어진 양칫물은 퀴퀴한 냄새와 더불어 백절폭포로 내리쏟아, 웃으면서 쳐드는 S소위의 얼굴 정통에 가서 좌르르.

"유 데블!"

이 기겁할 자식이라고, S소위는 주먹질을 하면서 고함을 질렀고, 그 주먹이 쳐든 채 그대로 있다가, 일변 허둥지둥 버선발로 뛰쳐나와 손바닥을 싹싹 비비는 미스터 방의 턱을,

"상놈의 자식!"

하면서 철컥, 어퍼컷으로 한 대 갈겼더라고.

5

왕치와
소새와
개미와

왕치(방아깨비)는 머리가 훌러덩 벗
어지고, 소새(솔새)라는 새는 주둥
이가 뚜우 나오고, 개미는 허리가
잘록 부러졌다. 이 왕치의 대머리와 소새의 주둥이 나온
것과 개미의 허리 부러진 것과는 이만저만 하지 않은 내
력이 있다.

옛날 옛적, 거기 어디서, 개미와 소새와 왕치가 한집에서
함께 살고 있었다.

개미는 시방이나 그때나 다름없이 부지런하고 일을 잘
했다. 소새도 소갈머리는 좀 괴팍하고 박절한 구석은 있
으나, 본시 재치가 있고 바지런바지런해서, 제 앞 하나는

넉넉히 꾸려 나가고도 남았다.

딱한 건 왕치였다. 파리 한마리 건드릴 근력도 없는 약질이었다. 편편히 놀고먹어야 했다. 놀고먹으면서도 양통만 커서, 먹기는 남 갑절이나 먹었다. 놀고먹으면서 양통만 커 가지고 먹기는 남 갑절이나 먹는 것도 염치 아닌 노릇인데, 속이 없고 빙충맞았다. 희떱고(실속은 없어도 마음이 넓고) 비위가 좋았다.

부모 자식이나 동태(同胎) 동기간(同氣間)이라면 모를 텐데, 타성바지의 아무사이도 아닌 남남끼리 한집 한울 안에 모여 살면서 그 모양이니, 눈치는 독판(혼자서) 먹어 두어야 했다. 개미는 그래도 천성이 너그럽고 낙천가가 되어서 과히 허물을 하지 않았지만, 성미 까슬한 소새는 영 왕치를 못 볼 상으로 아주 미워했다. 걸핏하면 꽁해 가지고는 구박을 하고 눈치를 주었다.

어느 가을이었다. 백곡이 풍성한 식욕의 가을이었다.

가을도 되고 했으니, 우리 잔치나 한번 차리는 게 어떠냐고, 셋이 모여 앉은 자리에서 소새가 발의를 했다.

"거 참, 좋은 말일세!"

잔치도 잔치지만, 일변 저를 끔끔수(체면을 깎여 부끄러움)를 주자는 설도(說導)인 줄은 모르고, 먹을 속 살가운 왕치가 냉큼 받아서 찬성이었다.

잠자코 있으나 개미도 이의는 없었다.

사흘 잔치를 하기로 했다.

사흘 동안 계속해서 잔치를 하는데, 하나가 하루씩 독담(獨擔)으로 맡아서 차리기로 했다. 가령 첫 날은 소새가 잔치를 차리면 둘째 날은 왕치가, 그리고 마지막 날은 개미가⋯⋯, 이렇게.

왕치는 그렇게 하루씩 독담해서 잔치를 차린다는 데에는 속으로 뜨악하고(꺼림칙하고 싫음) 걱정스러웠으나, 그렇다고 체면에 나는 못합네 할 수는 없는 터라, 어물어물 코대답을 해 두었다. 둘이 먼저 차리거든 우선 먹어 놓고 볼 일이라는 떡심(뚝심)이었다. 반생을 이런 떡심으로 부지해 왔으니, 별로 새삼스러울 것도 없었다.

첫 날은 개미가 나섰다.

들로 나갔다.

들에서는 한창 벼를 거두기가 바빴다. 마침 보니 촌마누라 하나가 샛밥(곁두리, 새참)을 내가느라고, 한 광주리 목이 오므라들게 해서 이고 들 가운데로 지나고 있었다.

좋을시구나. 개미는 뽀르르 쫓아가서 가랑이 속으로 기어 올라가서는, 넓적다리께를 사정없이 꽉 물어뜯었다.

"아이구머닛!"

죽는 소리를 치면서 촌마누라는 머리 위의 밥 광주리를 내동댕이치고는, 다리야 날 살리라고 도망을 쳤다.

부우연 입쌀밥에, 얼큰한 풋김치에, 구수한 된장찌개에, 짭짤한 자반갈치 토막에, 골콤한 새우젓에…….

죄다 집으로 날라다 놓고는, 셋이 모여 앉아서 맛있게 잘 먹었다. 보기 드문, 건(푸짐한) 잔치였다.

다음 날은 소새가 나섰다.

물가로 갔다.

바닥이 들여다보이게 맑은 물에서 붕어도 뛰고 가물치도 놀고 했다. 여느 때와는 달라, 소새는 붕어나 가물치나 단치 따위는 거들떠보지도 않고, 말뚝에 오도카니 앉아서 기다렸다.

이윽고 싯누런 잉어가 한 놈 꿈틀거리면서 물 위로 머리를 솟구쳤다.

잔뜩 겨냥을 하고 노리던 소새는, 휘익 날면서 주둥이로 잉어의 눈을 꿰어 들었다.

집으로 돌아오니, 개미와 왕치는 손뼉을 치며 맞이했다.

싱싱한 잉어를 놓고 둘러앉아서 먹는 맛은 또한 자별했다.

소새 차례의 둘째 날의 잔치도 그래서 걸게 지났다.

마지막, 셋째 날이 드디어 왔다.

왕치는 무어라고든 핑계를 대고서 뱃심으로 뭉갤 생각이었으나, 소새의 패앵팽한 눈살을 보니 안 될 말이었다.

잘 먹은 죄가 이렇게 큰 거라고 생각하면서, 아무 가량 (계산)도 없는 채 집을 나섰다.

우선, 들로 나가 보았다.

넓고 편한 들에는 벼만  가득히 익고 농군들이 벼를 거두기에 바빴지, 보 아야 만만히 건드림 직한 거

라곤 없었다. 설마한들 벼이삭이나 한 목쟁이 주워 가지고 갈 수는 없고.

막막히 헤매고 다니다가 한 곳을 당도한즉 애꾸눈 엿장수가 엿목판을 두드리면서,

"엿들 사려! 호두엿 사려."

하고 멋들어지게 외치고 지나갔다.

덮어놓고 후룩후룩 날아가서 엿목판에 가 앉았다. 한 목판에 그득 담긴 엿이 또한 먹음직스러웠다.

이걸 송두리째 집으로 가져만 간다면 걸기도 하고 한바탕 뽐낼 판인데, 그러나 무슨 재주로!

어떻게 하면 좋을까 하고 요리조리 엿목판을 끼웃거리며 궁리를 한다는 게, 무심결에 엿장수의 어깨에 가 앉았던 모양이었다.

"작것(잡것), 재수 없네!"

엿장수가 손바닥으로 탁 치는 바람에, 하마터면 엿장수의 어깨에서 참혹한 죽음을 할 뻔하고는 혼비백산 질겁하여 도망을 쳤다.

들을 지나서 산 밑으로 가 보았다.

꿩도 날고, 토끼도 기었다. 바위 틈바구니엔 벌집도 있고, 그 단꿀 냄새에 회가 동했다. 그러나 모두가 화중지병(畵中之餠-그림의 떡)이었다.

잔디밭에서 송아지를 데리고 암소가 놀고 있었다.

어미는 너무 크고, 송아지들에게 가 앉아 보았다. 간지럽다고 강중강중 뛰었다.

요놈을 어떻게 사알살 꼬여서 집으로 끌고 갔으면 좋겠는데, 그게 도무지 도리가 없었다.

이마빡으로 옮아앉아서 터럭을 물고 진득이(끈질기게) 잡아당겼다. 부룩송아지(길들지 않은 숫송아지)라 대가리를 사뭇 내젓는 통에 저만치 가서 떨어졌다.

이 녀석 어디 보자고 엉덩짝에 가 앉아서는,

"이러! 이러!"

히고 간질여 보았다.

그러는 것을 송아지는 파리인 줄 알고, 꼬리를 획 쳐서 옆구리가 끄먹하도록 얻어맞았다.

하릴없이 물가로 와 보았다.

붕어가 뛰고 메기가 놀고, 역시 그럼직한 것이 없는 게 아니나, 잡는 재주가 없었다.

그럭저럭 해는 점심 새때도 지나, 오래지 않아 날이 저물게 되었다.

그대로 빈손으로 돌아가자니 차마 체모(체면)가 아니었다. 그렇다고 해서 언제까지고 이렇게 헤매기만 할 수도 없었다.

답답했다.

엉엉 앉아서 울었다.

막 그럴 즈음, 어저께 소새가 잡아 가지고 온 그런 잉어가 한 놈, 싯누런 몸뚱이를 궁싯거리면서 물 위로 떠올랐다.

왕치는 분연히, 울기를 그치고 팔을 부르걷었다.

"그래, 사내대장부가 세상에 나서, 온 이래야 옳담매?"

그러면서 단연 그 잉어를 잡을 결심으로 후르륵 날아, 마침 솟구치는 잉어의 콧등에 오똑 앉았다.

잉어야 그렇잖아도 속이 출출한 판인데 이게 웬 떡이냐 하고 날름 혀로 차서는, 씹고 무엇하고 할 것도 없이 그대로 꼴깍 삼켜 버렸다.

아침에 일찍 나간 채 한낮이 겨워도 왕치는 돌아오지 않아, 집에서 소새와 개미는 걱정을 하며 이제나 저제나 까맣게 기다렸다.

그러면서 개미는 소새에게 자꾸만 탓을 했다. 부질없이 그런 설도를 해서 그 못난이를 갖다가 못할 노릇을 시켰노라고. 괜히 참, 어디 가서 함부로 넘성거리다가 몸을 다치든지, 아닐 말로 죽든지 하면 이 일을 장차 어떡한단 말이냐고.

소새는 민망하여, 아, 작자가 하도 염장을 못 차리고 보기 싫게 굴기에 좀 그래 보았지야고, 그래도 난 못 하겠노라고 아랫목에 앉아서 뭉개든지, 무어라고 핑계를 대고 꾀로 바워 내려니 했지, 누가 그렇게 성큼 나설 줄이야 알았냐고, 아무려나 어서 무사히 돌아오기나 했으면 좋겠다고, 누누이 발명(발뺌) 겸 후회하기를 마지않았다.

한낮이 겨워 다시 새때가 되어 오사, 잠다못해 둘은 왕치를 찾으러 나섰다.

개미는 들로 나섰다. 그러나 암만 찾아다녀도 왕치의 종적은

알 길이 없었다.

소새는 물가로 나갔다. 역시 암만 찾아다녀도 — 벌써 잉어의 뱃속으로 들어간 뒤라 — 왕치는 눈에 뜨이지 않았다.

어느덧 날은 저물어 땅거미가 져서 더 찾으려야 찾을 수도 없고, 소새는 마음만 한껏 초조하여 거듭 뉘우쳐 가면서 하릴없이 집으로 돌아가기로 했다. 혹시 그동안 왕치가 제풀에 돌아와 있으면 작히(얼마나) 좋을까 하는 일루의 희망을 가지고.

그리하여 마침 수면을 날아 건너는데, 잉어가 한 놈 굼실거리며 물 위로 떠오르는 게 보였다. 이왕이니 사냥이나 해 가지고 갈 생각으로 홱, 몸을 떨어뜨리면서 주둥이로 잉어의 눈을 꿰어 찼다.

집에서는 개미가 먼저 돌아와서 까맣게 혼자 기다리고 있었다.

둘은 필경 일을 저지른 것이라고 걱정에 땅이 꺼졌으나, 다시 더 찾아보자 한들 날은 이미 저물었고 밝은 다음 날로 미루는 수밖에 없었다.

하나가 빠졌는데 텅 빈 것같이 섭섭한 집 안에서, 둘은 방금 소새가 잡아 가지고 온 잉어를 먹기 시작했다. 좋은 음식을 대하니, 없는 동무가 한결 생각이 나서 목에 걸렸다. 중간쯤 먹었을 때였다.

별안간 후루룩 하더니 둘이 먹고 있는 잉어 배때기 속에서 왕치가 풀쩍 뛰어나오는 것이었다. 아까 왕치를 산 채로 먹은 그 잉어를 공교로이 소새가 잡아 온 것이었다.

소새와 개미는 - 반가운 것도 반가운 것이지만 깜짝 놀라 - 뒤로 나가자빠지는데, 풀쩍 그렇게 잉어 배때기 속에서 뛰어나오면서 왕치의 하는 거동이 과연 절창(絕唱)이었다.

"휘! 더워! 어서들 먹게! 아, 이놈의 걸 내가 잡느라고 어떻게 그만 애를 썼던지! 에이 덥다! 어서들 먹게!"

이렇게 너스레를 떨면서, 땀 난 이마를 쓱쓱 손바닥으로 씻으면서.

소새는 반가운 것도 놀란 것도 인제는 어디로 가고, 슬그머니 배알이 상했다. 잡기를 번연히 소새가 잡아, 그 덕에 생선 배때기 속에서 귀신도 모르게 죽을 것을 살려 내고 한 것을, 넉살 좋게 제가 잡느라고 애를 쓴 건 무어며, 숫제 어서들 먹으라고 연성 생색을 내니, 세상에 그런 비윗살도 있더란 말이었다.

소새는 그래서 주둥이가 한 자나 되게 뚜우 하니 나와 가지고는 샐룩한 눈을 깔아뜨리고 앉아 말이 없었다.

개미가 비로소 정신을 차려 둘을 다시금 보니 참 우스워 기절을 하겠다.

속을 못 차리고 공것을 너무 바라고 하면 이마가 벗어진다더니, 정말 왕치는 이마의 땀을 쓱쓱 씻는데 보기 좋게 빈대머리가 단박에 훌러덩 벗어지고 만 것이었다.

소새는 또 주둥이가 한 발이나 쑤욱 나와 버렸고.

개미는 하도하도 우습다 못해 대굴대굴 구르다가 그만 허리가 부러지고 말았다.

이래서 그때부터 왕치는 대머리가 벗어진 것이고, 소새는 주둥이가 길어진 것이고, 개미는 허리가 부러진 것이라고 했다는 것이다.

6
쑥국새

쑥국새

 왼편은 나무 한 그루 없이, 보이느니 무덤들만 다닥다닥 박혀 있는 잔디 벌판이 비스듬히 산발(산기슭)을 타고 올라간 공동묘지.

바른편은 누르불그레한 사석(모래알처럼 생긴 주석)이 흉하게 드러나 못생긴 왜송이 듬성듬성 눌어붙은 산비탈.

이 사이를 좁다란 산협(산골짜기) 소로(좁은 길)가 고불고불 깔끄막져서(가풀막져서) 높다랗게 고개를 넘어갔다.

소복이 자란 길 옆의 풀숲으로 입하(立夏) 지난 햇빛이 맑게 드리웠다.

풀포기 군데군데 간드러진 제비꽃이 고개를 들고 서 있

다. 제비꽃은 자줏빛, 눈곱 만한 괭이밥꽃은 노랗다. 하

얀 무릇꽃도 한창이다. 대황(약용식물)도 꽃만은 곱다.

할미꽃은 다 늙게야 허리를 펴고 흰 머리털을 날린다.

구름이 지나가느라고 그늘이 한때 덮였다

가 도로 밝아진다. 솔푸덕(솔포기)에서

놀란 꿩이 잘겁하게 울고 날아간다.

미럭쇠는 이 경사 급한 깔끄막길을 무

거운 나뭇짐에 눌려, 끙끙 어렵사리 올라

가고 있다.

꾀는 없고 욕심만 많아, 마침 또 지난 장에 새로 벼려 온

곡괭이가 알심 있이 손에 맞겠다, 한데 산림간수한테 오

기는 있어 들키면 경을 치기는 매일반이라서 닥치는 대

로 철쭉 등걸이야 진달래 등걸이야 소나무 등걸이야 더

러는 멀쩡한 옹근(다부진) 솔까지 마구 작살을 낸 것이,

해 놓고 보니 필경 짐에 넘치는 것을 제 기운만 믿고 짊

이진 것까지는 좋았으나, 산에서 내려오면서는 몇 번이

고 앞으로 꼬꾸라질 뻔했고 시방 이 길을 올라가는 데도

여간만 된(벅찬)게 아니다.

게다가 4월의 긴긴 해에 한낮이 훨씬 겨워 거의 새때나

되었으니 안 먹은 점심에 시장하기까지 하다.

끙끙 힘을 쓰는 소리에 지게가 삐거덕삐거덕, 지게 밑에
매달린 밥 바구니가 달그락달그락, 서로 궁상맞게 대답
을 한다.

 중간에 한 번이나 두 번은 쉬었어야
할 것이지만, 고집이 그대로 떠받치
고 올라간다. 지게 밑으로 통통하게
알이 밴 새까만 두 다리의 퇴육살이
불끈불끈 터지기라도 할 것 같다.

고갯마루 턱에 겨우겨우 올라서자 휘유 휙, 쟁그랍게(끔
찍하게) 숨을 몰아 내쉬면서 한쪽 옆으로 나뭇지게를 받
쳐놓고 일어선다.

"작것(잡것)이! 나는 저 때문에 이렇게……."

미럭쇠는 공동묘지께를 힐끔 돌아다보고는 두런두런,
허리의 수건을 뽑아 땀 흐르는 얼굴을 쓱쓱 씻는다.

"…… 좋은 질루(길로) 편허게 갈 것두 이렇게 고생허는
디……. 작것이!"

시원한 바람이 한아름 고개 너머로 몰려든다. 바라보이
는 고개 밑은 또 하나의 산이 가렸고 그놈을 넘어서 오

리 길을 가야 집이다.

미럭쇠는 웬만큼 땀을 들인 뒤에 지게 밑에서 밥 바구니를 떼어, 뒷짐 져 들고 어슬렁어슬렁 공동묘지로 걸어간다. 할미꽃 터럭이 눈 날리듯 허옇게 덮여 날린다.

공동묘지는 풀도 바스락거리지 않고 대낮인데도 밤처럼 조용하다.

여새겨 찾지 않아도 저편 산 밑으로 치우쳐 외따로 있는 게 아내의 무덤이다. 아직 잔디가 뿌리를 못 잡아 까칠하고, 뗏장과 뗏장 사이로는 검붉은 황토가 비죽비죽 비어져 나온다.

무덤 한옆으로 먹 자국이 선명하게

密陽 朴氏 之墓(밀양 박씨 지묘)

라고 쓴 말뚝이 서 있다. 한편 짝에는 다시

戊寅 四月二日(무인 사월이일)

이라는 날짜를 썼다.

미럭쇠는 읽을 줄도 모르면서 말뚝을 한참이나 들여다보다가 그 다음에는 무덤을 한 바퀴 돈다.

뗏장도 벗겨진 데는 없고 구멍도 나지 않고 별일 없다.

한 바퀴 둘러보고 나서는 무덤 앞에다 밥 바구니를 열고

숟갈을 꽂아 고여 놓는다. 밥이래야 뉘와 피가 절반이나 섞인 현미 싸라기밥, 한쪽 옆으로 짠무김치를 몇 쪽 덧들인 것뿐이다.

"처먹어라⋯⋯. 너 생각허구서 배고픈 것도 안 먹구 아꼈다가 갖구 왔다!"

마치 산 사람한테 이야기하듯 중얼거린다.

밥 바구니를 고여 놓아주고, 운감(귀신이 맛봄)하기를 기다리면서 멀거니 앞을 바라보고 앉아 한눈을 판다.

앞은 산 밑에서부터 훤하니 퍼져나간 들판, 들판이 다다른 곳에는 암암(높고 험한)한 먼 산이 그림 같다. 들 가운데 조그마한 산모퉁이를 지나 기차가 장난감같이 아물아물 기어간다.

미럭쇠는 넋을 잃은 듯 손으로 잔디 풀을 똑똑 뜯고 앉아 있는 동안 어느 결에 눈에는 눈물이 글썽글썽한다.

"작것이 왜 죽어뻐렸어⋯⋯. 가만히 있으면 괜찮을 틴디⋯⋯, 방정맞게 왜 죽어뻐리여!⋯⋯ 작것이!"

목멘 소리로 두런두런, 주먹을 들어 눈물을 씻는다.

2

바로 지난 3월 초생이었다.

미럭쇠가 논에 두엄을 져 나르다가 점심을 먹으러 오는
길인데, 동리 우물의 동청나무 울타리 뒤에서 점례가 해
뜩해뜩, 무슨 말을 하고 싶은 눈치로 웃고 서 있다.

"너, 이 가시내, 왜 날 보고 웃냐?"

"망할 년의 자식이네! 이년의 자식아, 내 이름이 가시내
냐?"

"너, 이 가시내, 나만 보면 중동이 시어서 해롱해롱허
지?"

"애개개! 참, 내 별꼴 다 보겄네!……."

말로는 시뻐해도(대수롭지 않아 해도) 속으로는 분명 아픈
자리를 건드렸던 것이다.

"…… 이년의 자식아, 내가 그 화상이 그리 좋아서?……
아니, 옜다!"

"이 가시내야, 너 암만 그래두 네까짓 건 일없단다!"

"흥! 누구는 일 있다는디? 아이구, 구역질이 마구 나오
네!…… 저 꼴에 그래두 새말 납순이한테 반하였다지?

참, 똥 싼 주제에 매화타령 허네!"

"이년의 가시내, 주둥이를 찢어 놓을라! 내가 납순이한
티 반했으니 네가 무슨 상관이여? 이년의 가시내!"

미럭쇠는 슬그머니 골이 나서 커다란 눈방울을 부라린
다. 그러나 점례는 조금도 무서워하질 않는다.

"이년의 자식아, 누가 상관헌다냐?…… 그렇지만 되렌
님, 속 좀 채리세유! 납순이한티는 암만 반해서 침을 질
질 흘리구 댕겨두 헛방입니다요."

"걱정 말어, 이 가시내야……."

"닭 쫓던 강아지는 지붕이나 쳐다보지! 종수허구 죽자
사자 허는 납순이한티 저 혼자 반한 저 화상은 무얼 쳐다
볼랑고?"

"이 가시내야, 거짓말허면 호랭이가 물어간다!"

"미안허시겠네! 오늘두 납순이는 쥐 뜯으러 간다고 건너
와서 뒷산으루 올라가구, 종수는 나무허러 가는 체 어슬
렁어슬렁 뒤따라갔답니다요……. 어떠냐? 헤쩍허지? 미
이."

"참말이냐?"

"흥! 인제는 아쉽지?…… 몰라, 몰라!"

점례는 싹 돌아서서 두레박질을 시이시(두레박질하면서 내는 소리)한다.

"빌어먹을 놈의 가시내! 샘에나 풍당 빠져 죽어라!"

미럭쇠는 내뱉으면서 흐느적흐느적 걸어간다. 걸어가면서 생각이다.

점례 가시내가 노상(전혀) 거짓말은 아니구 종수 자식이 워느니(워낙) 눈치가 수상하기는 수상했어!

그러니 그놈의 새끼한테 납순이를 뺏기고 만담?

내가 요만할 적부터 내 걸로 맡아두었는데 다 자란 뒤에 뺏겨!

사람이 화가 나서 살 수가 있나!

하기는 종수 자식이 나보다 얼굴이 뱐주그레하니(생김새가 반반하니) 예쁘기는 예쁘겠다?

그거 원 침!……

미럭쇠는 귀주머니에서 동강난 거울 조각을 꺼내 들고 제 얼굴을 들여다본다.

넉가래(넓적한 나무판)로 푹 찌른 것처럼 가로 째진 입, 길

바닥에 떨어진 쇠똥같이 지질펀펀한 코, 왕방울 같은 눈, 좁디좁은 이마, 부룩송아지(길들지 않은 숫송아지) 대가리 처럼 노란 머리터럭이 곱슬곱슬 자지러붙은(달라붙은) 대 가리……, 등속.

미상불(아닌 게 아니라) 제가 보아도 그다지 쳐줄 수는 없 는 인물이다.

젠장맞을! 워느니 이 화상을 누가 좋아한담! 눈깔이 삔 점례 가시내나 진짜로 반해서 그 지랄이지.

원, 어쩌면 요렇게 빌어먹게 만들어 놓았더람!

가만있자, 이게 우리 어머니, 아버지 잘못이겠다? 옳아!

아버지는 죽었으니 할 수 없고 어머니를 졸라야지.

아, 그래도 내가 기운은 세고, 또 사내자식이 뭐 인물 뜯어먹고 사나?

빌어먹을 것, 들이대 본다……. 눈 멀뚱멀뚱 뜨고서 뺏겨?……

미럭쇠는 허둥지둥 집으로 달려들더니 저의 모친더러, 시방 얼른 새말 납순네 집에 건너가서 혼인하자는 말을 하라고, 만일 납순이한테 장가를 못 가는 날이면 목을 매달고 죽는다고, 어머니가 나를 이렇게 못나게 낳아 놓았으니까 그 대신 꼭 납순이한테 장가를 들여 주어야 한다고, 마치 미친놈 날뛰듯 주워섬기고서는 도로 부리나케 뒷산으로 올라간다.

온 산을 나 헤매고 다니던 끝에 으슥한 골짜기의 양지바른 언덕 밑에서 둘이 나란히 누워 있는 종수와 납순이를 찾아냈다.

납순이는 질겁하게 놀라서 달아나고, 그러나 저만치 가

서서 거취를 보고 있고, 종수는 여느 때 같으면 눈만 부릅떠도 비실비실 피하던 것이, 오늘은 눈살이 팽팽해가지고 아기똥하니(깜찍하니) 버티고 서 있다. 미럭쇠는 그것에 비위가 더 상했다.

"너 이놈의 새끼!"

미럭쇠는 눈을 불근불근, 그 잘난 코를 벌씸벌씸, 내리으깨어 버릴 듯이 바짝 다가선다.

"그래서?"

말소리며 몸은 떨려도 종수의 대답은 다부지다.

"아, 요것 보게!"

"왜? 어째서 그려? 니가 무슨 상관이여?"

"왜 상관이 없어? 내가 맡아 놓은 지집애를 니가 왜 건드려? 그래두 상관이 없어?"

"뭐 밭두렁의 개똥참외더냐? 맡아 놓구 어쩌구 허게? 그녀러 자식, 생긴 것허구 넉살두 좋네!"

"아, 요년의 새끼가……."

말로는 암만해야 달리고, 미럭쇠는 종수의 멱살을 움켜

쥔다. 실상 진작 그럴 것이었다.

종수도 마주 멱살을 잡는다.

"그려? 어찌여?"

"요, 싹둥머리 없는 놈의 새끼! 사알살 돌아댕기면서 남의 집 지집애나 바람맞히구!…… 죽어 봐!"

와락 잡아낚는데 종수는 휘둘리면서도,

"웬 상관이여? 내가 늬 에미를 후려냈더냐? 늬 할미를 후려냈더냐?"고 입은 끈히(끈기있게) 놀린다.

그러나 그 말이 떨어지기 전에 둘은 어우러져 뒹군다.

말은 없고 잠시 동안 식식거리면서 엎치락뒤치락했지만, 악으로 덤비는 종수는 다 같은 스물한 살배기 장정이라도 미럭쇠의 황소 같은 힘을 당해내는 수가 없었다.

미럭쇠는 종수의 배를 타고 앉아서 주먹으로 가슴패기를 짓찧는다.

"요놈의 새끼, 다시두?"

"오냐, 헐 내투 해라!"

"요것이 그래두 산소리(굽히지 않으려는 소리)여!"

미럭쇠는 종수의 목을 내리누른다. 종수는 캑캑, 눈을 희번덕희번덕, 얼굴에는 푸른 핏대가 선다.

그러자 마침 그때다. 등 뒤에서 작대기가 딱 하더니 미럭
쇠의 정수리를 보기 좋게 후려갈긴다.

"아이쿠!"

미럭쇠는 정신이 아찔해서 앞으로 넙브러지려고 하는데
재우쳐(곧바로) 한 번 더 딱 내리갈긴다.

미럭쇠는 그대로 정신을 놓고 쓰러지고, 납순이는 달려
들어 종수의 손목을 잡아 일으켜서 달아난다.

3

납순네는 계집애가 못된 종수 녀석과 좋지
않은 소문을 퍼뜨리고 다니는 참이라 걱정을
하던 판에, 청혼을 하니까 마침 좋다고 납채
삼십 원에 선뜻 혼인을 승낙했다.

미럭쇠네는 작년에 저의 부친이 죽기 전에, 제 장가 밑천
으로 장만해 놓은 송아지가 중소나 된 것을 오십 원에 팔
고, 또 양돼지 새끼 여섯 마리를 삼십 원에 팔고 해서, 납
채 삼십 원을 보내고 나머지 오십 원으로 혼인을 치렀다.

그게 바로 미럭쇠가 납순이한테 작대기를 맞던 날부터

겨우 열흘 만이다.

혼인을 한 첫날밤.

미럭쇠는 매달려 맞은 발바닥이 아파 절름절름 신방으로 들어온다.

생전 처음으로 촛불이 환하게 켜져 있는 신방에는 불보다 더 환하게 연지 찍고 곤지 찍고 분단장한 신부 납순이가 다소곳하니 앉아 있다.

미럭쇠는 가뜩이나 큰 입이 귀밑까지 째져, 느긋하게 한참이나 웃고 서 있다가 신부 앞에 가서 털썩 주저앉는다.

"히히, 작것. 늬가 작대기루 날 때렸지?"

납순이는 마치 눈이 오려는 겨울날처럼 새침해서 눈을 아래로 내리깔고 눈썹 한 개도 까딱 않는다.

"그때 혼났다, 야!…… 원, 그렇게도 사정없이 때린단 말이냐? 히히."

"……."

"그래두 나는 늬가 예뻐서 이렇게 늬한티루 장가를 가잖었냐? 그렇지? 히히히히?"

"……."

"그러닝개루……."

미럭쇠는 납순이의 두 손을 덥석 쥔다.

그 손은 얼음같이 찼다.

"…… 너두 그전 일은 죄다 잊어 버리구 인제버텀은 우리 각시닝개루, 응? 내 말 잘 듣구 그래라, 응?"

이렇게 첫날밤은 지냈다.

미럭쇠는 노여움이 다 풀려서 이제는 종수를 죽이지 않는다는 말을 냈고, 그래서 종수는 며칠 만에 동네로 돌아왔고, 납순이는 그대로 까딱없이 눈 오려는 겨울날처럼 새침한 채 그날그날을 보내고…….

그러한 지 보름이 되는 어느 날 석양.

미럭쇠가 둔덕 너머 봄 보리밭에 소매(거름으로 쓰는 오줌)를 져 나르고 있노라니까, 난데없이 점례가 미럭쇠, 미럭쇠, 불러대면서 헐레벌떡 달려오고 있었다.

미럭쇠는 웬일인지 가슴이 서늘해서 밭두렁으로 나오는데 점례는 가빠하는 체하고 쓰러질 듯 팔에 매달린다.

"저어……"

"왜 그려?"

"저어, 시방 오다가 어머니더러두 일러주었어……."

"무얼?"

200 뻐꾹새

"저어, 납순이가아……"

"납순이가……"

"내가 망을 보닝개루우……"

"그래서?"

"종수가아……"

"종수가!……"

"응, 종수허구우, 납순이허구우, 방으루우……"

"뭣?"

미럭쇠는 점례를 떠다박지르고 소처럼 내리뛴다.

둔덕을 넘어서자 이녀언 이년, 모친의 계목(욕하며 듣기
싫은 목소리)지르는 소리가 들린다.

단걸음에 사립문 안으로 들어서는데,
모친은 납순이의 머리채를 감아쥐고
마당 가운데서 이리저리 개 끌듯 끌
어 동댕이치고 있다. 조그마한 보따
리가 한편으로 굴러다닌다.

"어서 오니라……"

노파는 더욱 기광(극성스런 행동)이 나서 허덕허덕 들렌다
(야단스럽게 떠든다).

"…… 이년이, 이년이 대낮에 응……, 대낮에 그러구서……, 그러구서두 그놈허구 도망을 갈라구 보따리를 싸구……. 이년! 이 찢어 죽일 년!"

미럭쇠는 잡아먹을 듯 험한 얼굴을 휘휘 두르다가 토방으로 우르르, 절굿공이를 집어 들고 납순이에게로 달려든다.

"이년을!"

방아 찧듯 절굿공이를 번쩍 쳐들어, 단번에 골통을 칵 내리 바수려는 순간, 납순이와 눈이 딱 마주친다. 그것은 미럭쇠 제가 예뻐하는 납순이의 얼굴, 마주 말끄러미 올려다보는 그 눈이 어떻게도 액색(군색)한지 그만 눈물이 날 것 같았다.

"퍽."

내리치는 절굿공이에 애매하게시리 굳은 마당 바닥이 움푹 팬다.

"이년을 이렇게 쳐 죽일 참인디……. 가만있자……."

미럭쇠는 절굿공이를 내던지고 허둥지둥 둘러본다.

"이놈은? 이놈허구 한데다가 묶어놓고서 한꺼번에 놈년을 쳐 죽여야 혈 틴디이……. 놈을 잡아와야지, 이놈을……. 어머니! 그년 놓치지 말구 꼭 붙들고 있수…….
내 이놈마저 잡어 갖구 올 티닝개루…….”

이르고는 쭈르르 사립문께로 달려 나간다. 사립문 밖에
서는 동리 아이들이 진을 치고 구경을 하다가 양편으로
좍 길을 터 준다.

점례가 마침 배슥이(비스듬히) 웃고 서서는 눈을 찌긋찌
긋한다.

미럭쇠는 짐짓 제 몸뚱이로 점례를 칵 떠받아 ― 그것은
방금 납순이를 절굿공이로 내리찧으려던 그 옹심과 꼭
같았다. ― 그렇게 죽어라고 떠받아 나동그라지게 하고
서 휭허케 뛰어간다.

종수를 잡는다고 선불 맞은 범처럼 뛰어나간 미럭쇠는
그길로 용머리의 술집으로 가서 밤이 늦도록 술을 먹고,
그대로 쓰러져 잤다.

이튿날 새벽에야 철럭거리고 집으로 돌아온 미럭쇠는,
부엌 시까래에 녹을 매고 늘어진 납순이의 시체를 제 손
으로 풀어 내려놓아야 했다.

노파가 밤새도록 붙들고 지키다가 새벽녘에 잠깐 잠이
든 사이에 납순이는 빠져나가서 그 거조(큰일을 저지름)를

냈던 것이다.

서방 미럭쇠가 돌아오는 날이면 맞아 죽고 말 것, 가령 죽지 않는다고 하더라도 병신이 될 만치 얻어맞을 것(아까 내리치던 그 무서운 절굿공이!), 그러고서도 평생을 마음에도 없이 매달려 살아야 할 테니 차라리 진작 죽는 것만 못하다고, 그래서 자결을 하고 만 것이다.

"그년을 꼭 내 손으루 쳐 죽일랬더니. 에잉, 분히여!"

미럭쇠는 동리 사람들이 모여 서 있는 데서 이렇게 장담을 하고 못내 분해 하는 체했다.

눈물까지 쏟아졌다. 모두들 분해서 그러는 줄만 알았지, 미럭쇠의 정말 슬픈 심정은 알아채지 못했다.

4

아내 납순이의 무덤 옆에 넋을 놓고 앉았던 미럭쇠는 이윽고 정신이 들어 무덤으로 고개를 돌린다.

숟갈을 꽂아 고여 놓은 밥 바구니에는 어디서 날아왔는지 파리가 서너 마리나 엉기었다.

"쪼깨 먹었냐?"

미럭쇠는 중얼거리면서 밥 바구니를 집어 든다.

"묻이 없는디, 목 박혀서 어쩌꺼나!"

마디지게 한숨을 내쉰다.

"작것이 왜 죽어뻬리여!…… 가만히 있으면 괜찮을 틴
디……, 방정맞게 왜 죽어뻬리여!…… 작것이!"

두런두런, 눈물을 찔끔찔끔, 밥 바구니를 차고 앉아서 숟
갈을 뽑아 든다.

"꼬시레(고수레)."

조금 떠서 앞으로 던지고 또 한번은 뒤로 던지면서,

　　　"꼬시레."

　　　　양편 옆으로 한 번씩,

　　　　　"꼬시레."

　　　　　"꼬시레."

　　　골고루 고사를 한다.

　　할 때에 마침 등 뒤의 산허리께에서,

"쑥꾸욱."

"쑥꾸욱."

쑥국새(뻐꾹새) 우는 소리가 들린다.

미럭쇠는 막 밥을 먹으려던 숟갈을 멈추고 끌리듯 고개
를 돌린다.

"쑥꾸욱."

"쑥꾸욱."

형체는 안 보이고 울음소리만 들린다.

"쑥꾸욱."

"쑥 쑥꾸욱."

산을 돌아 넘어가는지 소리가 감감하니 멀어져 간다.

미럭쇠는 옛이야기가 생각이 났다.

며느리가 해산을 했는데 야속한 시어머니가 미역국을 안 끓여주고 쑥국만 끓여주었다.

며느리는 피가 걷히지 않고 속이 쓰리다 못해 삼칠일 만에 그만 죽었다.

그 며느리는 죽어 혼이 새가 되었는데 쑥국에 원한이 잦아져 그래서 밤낮 쑥꾸욱 쑥꾸욱 운다고 한다.

"우리 납순이는 죽어서 무엇이 되었을꼬?…… 쑥국새가 되었으면 우는 소리나 듣지!"

미럭쇠는 우두커니 쑥국새 우는 곳을 바라보다가 소스라쳐 한숨을 내쉰다.

"쑥꾸욱."

"쑥 쑥꾸욱."

마지막 소리가 아스라이 들리더니 그 다음은 잠잠하다.

미럭쇠는 밥 먹기도 잊고 도로 넓이 나가서 우두커니 앉아 있다.

채만식 <small>(蔡萬植 1902~1950)</small>

채만식의 호는 백릉이며, 1902년 전라북도 옥구에서 태어났다.

어릴 때 서당에서 한문을 익혔으며 1914년 임피보통학교(臨陂普通學校)를 졸업하고, 1918년 경성에 있는 중앙고등보통학교에 입학한다. 재학 중에 집안 어른들의 권고로 결혼했으나 행복하지 못했다. 1922년 중앙고등보통학교를 마치고 일본 와세다 대학(早稻田大學) 부속 제1고등학원 문과에 입학하지만 이듬해 공부를 중단하고 동아일보 기자로 입사했다가 1년여 만에 그만둔다.

1924년 단편 〈세 길로〉가 《조선문단》에 추천되면서 문단에 등단한다. 그 뒤 〈산적〉을 비롯해 다수의 소설과 희곡 작품을 발표하지만 별반 주목을 끌지 못했다. 1932년 〈부촌〉, 〈농민의 회계〉, 〈화물자동차〉 등 동반자적인 경향의 작품을, 1933년 〈인형의 집을 나와서〉, 1934년 〈레디메이드 인생〉 등 풍자적인 작품을 발표하여 작가로서의 기반을 굳힌다. 1936년에는 〈명일〉과 〈쑥국새〉, 〈순공 있는 일요일〉, 〈사호 일단〉 등을, 1938년에는 〈탁류〉와 〈금의 열정〉 등의 일제 강점기 세태를 풍자한 작품을 발표한다. 특히 장편 소설 〈태평천하〉와 〈탁류〉는 사회의식과 세태 풍자를 포괄적으로 보여 주고 있는 작품이다. 또한 1940년에 〈치안 속의 풍속〉, 〈냉동어〉 등의 단편 소설을 발표한 그는 1945년 고향으로 내려가 광복 후에 〈민족의 죄인〉 등을 발표하지만 1950년에 생을 마감한다.